Wer sich geändert hat,

hat die Welt geändert,

denn er ist ein Teil von ihr.

(Gerald Dunkl)

Marlene Mercury

Wake up, Paula!

— die andere Mutter

Impressum:
© 2019 Marlene Mercury

Umschlagbild: www.pixabay.com (user: 240173)
Lektorat u. Satz:
Angelika Fleckenstein; spotsrock.de

Verlag und Druck: tredition GmbH, Halenreie 40-44, 22359 Hamburg

ISBN: 978-3-7482-5289-4 (Paperback)
          978-3-7482-5290-0 (Hardcover)
          978-3-7482-5291-7 (e-Book)

Bibliografische Information der Deutschen Nationalbibliothek: Die
Deutsche Nationalbibliothek verzeichnet diese Publikation in der
Deutschen Nationalbibliografie; detaillierte bibliografische Daten sind
im Internet über http://dnb.d-nb.de abrufbar

Inhaltsverzeichnis

Paula

Paula fuhr mit ihrem PKW langsam die Wohnstraße entlang, bog noch einmal ab und hielt schließlich vor einem Einfamilienhaus an. Sie stieg nicht sofort aus, sondern betrachtete es noch eine Weile. Es war im Stil der 60er Jahre des letzten Jahrhunderts gebaut mit einem steilen Dach, unter dem sich die Schlafräume und das Bad befanden und einem Erdgeschoss, wo sich die Küche, das Wohnzimmer, die Garderobe und ein Gästezimmer befanden. Alle Räume waren relativ klein. In Paulas Erinnerung strahlten sie eine Mischung von Enge und Gemütlichkeit aus. Es war ihr Elternhaus, aber insbesondere in den letzten Jahren, bevor sie auszog, überwog das Gefühl der Enge. Es gab auch noch einen Keller für den Wäschebereich und die Abstellräume, wie man eben damals so baute. Paula lächelte wehmütig beim Anblick des inzwischen in die Jahre gekommenen Hauses und stieg aus.

Der relativ große Garten mit Obstbäumen und Büschen wirkte ungepflegt. Das Unkraut hatte die Herrschaft übernommen, und der Rasen war schon lange nicht mehr gemäht worden. Auch das Haus machte einen etwas heruntergekommenen Eindruck. In den letzten 10 Jahren, seit Paulas Mutter Witwe war, wurden nur noch die nötigsten Instandsetzungsarbeiten vorgenommen. Paula sah, dass die Farbe an einigen Fensterrahmen abblätterte und die hölzerne Haustüre ausgebleicht war. Eigenartigerweise fiel das Paula erst jetzt so richtig auf. Bei den Besuchen hatte sie keinen Blick dafür gehabt, und ihre Mutter hatte auch nichts zu ihr gesagt.

Paula schloss die Augen. Hier hatte sie ihre Kindheit und Jugend erlebt mit all den Freuden und Problemen der damaligen Zeit: Schulzeit, erste Liebe, Freundschaften, dann der Wegzug und die Heirat. Die Gestaltung des eigenen Lebens beschäftigte sie viele Jahre lang so intensiv, dass sie die Eltern nur noch selten besuchte, weil die häusliche Atmosphäre ziemlich angespannt war und die Besuche für Paula eher eine Pflichtübung darstellten und wenig Freude machten. Ihre Eltern stritten sich oft um Kleinigkeiten. Aber doch nie so schlimm, dass sie eine Trennung erwogen, denn sie liebten sich im Grunde. Paula war jedoch ein harmoniebedürftiger Mensch und konnte diese Debatten nur schlecht aushalten, zumal ihre Mutter erwartete, dass sie ihre Partei ergriff. Paula liebte jedoch ihren Vater sehr und konnte deutlich erkennen, dass er sich manchmal unterlegen fühlte. So stand sie oft dazwischen, was sie in sehr unangenehmer Erinnerung hatte.

Paula seufzte, weil ihr jetzt einiges einfiel, woran sie ansonsten eher selten dachte. Ihre etwas überstürzte Heirat war auch als Flucht aus dieser Situation zu sehen, zumindest aus heutiger Sicht. Die Ehe war nicht gut gegangen und blieb auch kinderlos. Paula, jetzt Mitte 50, lebte schon längere Zeit alleine. Nach dem Tod ihres Vaters hatte sie ihre Mutter wieder öfters besucht. Sie standen sich zwar nicht wirklich nahe, aber sie war der einzige Mensch, mit dem sie über ihre Vergangenheit reden konnte. Sie war ein lebendiger Teil dieser Vergangenheit, hörte zu und brachte regelmäßig eine andere Perspektive in Paulas Erzählungen. Hier konnte sie Tochter sein, und das tat ihr gut.

Aber jetzt war ihre Mutter gestorben. Sie klagte über Herzbeschwerden, kam ins Krankenhaus und starb dort sehr schnell. Das Haus musste geräumt werden, und das war ihre – Paulas - Aufgabe und Verpflichtung. Weil sie die alleinige Erbin war, musste sie sich jetzt um den Nachlass kümmern. Darüber, was sie mit dem Haus einmal anfangen würde, machte sich noch keine Gedanken. Es war noch zu früh. Aber sie würde auf keinen Fall dort wohnen wollen, das wusste sie schon jetzt. Sie würde sich in diesem Haus nicht wohlfühlen.

Sie ging die wenigen Stufen zur Haustüre hoch und schloss die Tür auf. Ihr schlug der typische Geruch dieses Hauses entgegen, ein Duftgemisch aus Küchendunst, Raumspray und alten Kissen und Bezügen. Zunächst öffnete sie sämtliche Türen und Fenster, um frische Luft herein zu lassen. Es würde zwar nicht viel nutzen, aber es war Paula ein dringendes Bedürfnis.

Die halbvolle Kaffeetasse stand noch genauso da, wie sie ihre Mutter verlassen hatte. Und dann kehrte sie nicht mehr zurück … Paula stiegen Tränen in die Augen, als sie das sah. Die Beerdigung war erst vor zwei Wochen gewesen, und der Schmerz über den Verlust war immer noch sehr stark und gegenwärtig.

Es war die Mutter. Mit ihr war auch ein Teil ihrer Vergangenheit gestorben, existierte nur noch in ihrem Gedächtnis. Jeder macht diese Erfahrung, dachte Paula, und doch ist dieses Erleben etwas Einzigartiges. Eine zweite Paula und die Mutter gab es nicht.

Sie stellte sich ans Fenster des Wohnzimmers und blickte in den verwilderten Garten hinaus. Hier hatte sie mit ihren Freundinnen gespielt, hier wurden sommerliche Grillabende mit Freunden und Nachbarn veranstaltet. Die vielen Sommer vereinten sich vor ihrem geistigen Auge zu einem einzigen, bekamen in Paulas Erinnerung einen goldenen Glanz. Ihr Leben war damals behütet, sie fühlte sich getragen von der Liebe ihrer Eltern. Paula spürte, dass ihr die Tränen über die Wangen liefen. Alles vorbei.

Mit einem Mal wurde ihr deutlich, dass auch ihr Leben endlich war und dass die Leichtigkeit dieser unbeschwerten Zeit niemals wiederkehren würde. Alles hat seine Zeit, dachte sie, und jetzt ist die Zeit der Trauer, des Abschiednehmens und der Beschäftigung mit der Vergangenheit.

Paula begann, die Zimmer zu durchstreifen. Das Mobiliar war alt und abgewohnt. Der Inhalt der Schubladen und Schränke, das Geschirr, die Nippesfiguren - es interessierte sie nicht wirklich. Auch die Schränke mit der Kleidung waren ihr gleichgültig. Im Schlafzimmer gab es eine Schatulle mit Schmuck. Sie kannte jedes Stück, es war nicht ihr Geschmack. Bei den Bildern handelte es sich ausschließlich um billige Drucke. Ihre Mutter hatte nicht wirklich Zugang zu ästhetischen Gesichtspunkten und wollte für schöne Dinge auch kein Geld ausgeben. Alles musste praktisch sein und ihre Wohnung sollte in erster Linie eine gewisse Behaglichkeit ausstrahlen.

Paula war da ganz anders. Sie liebte bei allen Dingen einen einfachen, aber klassisch zeitlosen Stil. Sie machte sich viele Gedanken zu ihrer Wohnungseinrichtung und überlegte lange, bevor sie sich etwas Neues anschaffte. Sie seufzte in Anbetracht der Fülle an Dingen, mit denen sie nichts anfangen konnte. Es widerstrebte ihr sogar, sie anzufassen, als ob der Geruch des Todes daran hängen würde. Sie würde wohl eine Entrümpelungsfirma kommen lassen.

Sie begab sich ins Dachgeschoss. Hier befand sich ein kleiner Raum, in dem ihre Mutter Fotoalben, Dokumente und Bücher aufbewahrte. Es war eine Art Büro mit einem kleinen Schreibtisch darin. Darüber hing ein staubiges Regal mit diversen Aktenordnern. Sie las die Beschriftung auf den Rücken: „Haus" stand da, „Rechnungen" oder „Steuer", lauter Papiere, für die sich jetzt keiner mehr interessierte. Die wichtigsten Dokumente hatte ihr die Mutter schon vor Jahren übergeben. Ihr Blick fiel wieder auf den Schreibtisch, weil sie dort als einzigen Gegenstand einen Ringblock liegen sah. Ein Kugelschreiber lag quer darüber. In großen Druckbuchstaben stand auf dem Block geschrieben:

LEBENSERINNERUNGEN IN GESCHICHTEN –
FÜR PAULA

Paula stutzte zunächst, dann begriff sie: Ihre Mutter hatte ihr etwas Schriftliches hinterlassen. Ihr fiel auch auf, dass kein Staub auf dem Block lag. Vermutlich hatte ihre Mutter ihn erst kurz vor ihrem Tod dorthin gelegt. Paula war neugierig und fühlte gleichzeitig eine innere Abwehr dagegen, sich dem Inhalt des Blocks zu nähern. Was, wenn sie darin Statements über sich las, auf die sie nun nicht mehr reagieren konnte? Was, wenn sie von Dingen erfuhr, die sie gar nicht wissen wollte, weil sie diese womöglich belasten würden? Ihr fiel auf, dass ihr nur Negatives durch den Kopf schoss. Wieso traute sie ihrer Mutter nichts Positives, Versöhnliches zu?

Mit einem Schlag war die melancholische Abschiedsstimmung verflogen. Sie stand ihrer Mutter jetzt wieder abwartend bis misstrauisch gegenüber, ihre übliche Haltung. Wieso konnte sie sich nicht vorstellen, dass ihre Mutter im Grunde ihres Herzens ihre Tochter durchaus wohlwollend sah? Sie waren sehr unterschiedlich, natürlich nicht in allen Bereichen; aber in ihrem Umgang miteinander konzentrierten sie sich stets auf die Unterschiede. Selbst das wäre ja in Ordnung gewesen, wenn sie diese Unterschiede nicht für kleinkarierte Rechthabereien genutzt hätten. Jetzt mit der Distanz der Lebenden zu der Toten konnte sie sich das plötzlich eingestehen.

Paula wurde unsicher. Sie spürte, dass in ihr etwas in Bewegung geriet, dass mit dem Tod der Mutter auch Gedanken ins Bewusstsein kamen, die sie früher nicht zulassen konnte. Dieses verletzte Kind, das sie in der Gegenwart ihrer Mutter war, das sie auch als Ballast durch das Leben trug, verhinderte jeden vernünftigen Umgang mit der Andersartigkeit der Mutter. So wirklich erwachsen wird man eigentlich erst, wenn man damit abgeschlossen hat, fuhr es ihr durch den Kopf. Wenn man nicht nur seine Eltern im Kontext der Kindheit verorten konnte, sondern auch sich selbst. Es handelte sich um die Vergangenheit, und die war abgeschlossen. Das war einfacher, wenn die Eltern nicht mehr lebten, stellte sie dann pragmatisch fest.

Sie beschloss, wieder nach Hause zurückzufahren, wollte jedoch den Block mitnehmen. Ich muss das alles mit meiner Freundin Anni besprechen, dachte sie. Am besten, sie liest als Erste diese Aufzeichnungen. Anni konnte ihr dann sagen, ob der Text ihrer Mutter für sie zuträglich war oder nicht.

Anni, die sie schon seit Jahrzehnten kannte, war ihre sogenannte beste Freundin, mit der sie ihre Gedanken, Träume und Ansichten austauschte. Sie gingen in die gleiche Schulklasse, waren zu dieser Zeit jedoch nicht wirklich miteinander befreundet. Erst viele Jahre später, als sie sich anlässlich eines Klassentreffens wiedersahen, kamen sie sich näher. Sie lebten beide alleine und hatten somit Zeit und auch Lust miteinander über dieses und jenes zu plaudern oder auch Ausflüge zu unternehmen. Anni war vom Leben ziemlich hart angefasst worden. Ihr einziger Sohn starb in jungen Jahren bei einem Verkehrsunfall und ihr deutlich älterer Ehemann musste noch jahrelang gepflegt werden, bevor auch er vor einigen Jahren starb. Die Eltern lebten schon lange nicht mehr. Sie musste schon mit vielen Verlusten fertig werden, hatte sich jedoch ihre grundsätzlich optimistische Lebenseinstellung bewahrt, trotz mancher melancholischen Phasen, die sich immer wieder einstellten. Vor allem an den Jahrestagen, insbesondere zum Zeitpunkt des Todestages ihres Sohnes, ging es ihr meist nicht gut.

Anni war klein und ein eher drahtiger Typ. Sie war eine sportliche Erscheinung mit einem aparten Kurzhaarschnitt und achtete sehr auf ein gepflegtes Äußeres, ohne sich allerdings um Modetrends zu kümmern. Sie hatte einen flotten, energischen Gang und nahm sehr gerne teil an den Veranstaltungen der Stadt, wenn es sich um kulturelle Ereignisse handelte.

Paula beneidete Anni ein wenig wegen ihres guten Aussehens und dieser dynamischen Lebenseinstellung, die ihr irgendwie fehlte. Sie musste sich jedoch eingestehen, dass sie selbst keine Lust hatte, so viel Zeit auf ihr Äußeres zu verwenden. Sie war auch eher bequem, zog sich gerne mit einem guten Buch zurück und gab sich ihren Träumen hin. Auch musste sie stets auf der Hut sein, nicht zuzunehmen, da sie gerne naschte.

Meist lieferte Anni die Ideen, was man so machen könnte und Paula schloss sich – oft aus Bequemlichkeit - gerne an. Sie hätte zwar manchmal lieber etwas nach eigenen Vorstellungen gemacht – zum Beispiel einen Kochkurs -, das interessierte jedoch Anni weniger. Paula sorgte sich dann immer um Annis Laune, so als wäre sie dafür verantwortlich, und verzichtete lieber auf so eine Unternehmung. Manchmal hätte sie sich schon gerne durchgesetzt und so eine Sache durchziehen wollen, aber dann war ihr das wieder zu anstrengend. Dank Anni hatte sie eine gewisse Freude am Radfahren entwickelt, und so gaben die beiden ein gutes Gespann ab, Freundschaft mit inbegriffen.

Anni war die erste, die sie über den Tod ihrer Mutter informiert hatte, und sie fand auch sofort die passenden Worte. Sie hatte Paula geraten, mit dem Besuch des Hauses noch eine Weile zu warten.

„Lass dir Zeit damit", hatte sie zu Paula gesagt. „Lass die Erinnerungen kommen, die guten und die weniger guten. Schließe freundlich mit der Vergangenheit ab, soweit sie mit deiner Mutter verbunden ist. Versuch dir deine Mutter nochmals vorzustellen. Sie war auch einmal jung gewesen, hatte sich verliebt, hatte Freude mit ihrem Kind. Sie musste wie alle Menschen mit Kummer und Verlusten fertig werden. Auch bei ihr sind sicher einige Jungmädchenträume geplatzt. Man sollte in der Rückschau nicht allzu streng mit den Seinen umgehen. In jedem Leben gibt es Licht und Schatten. Du hattest wenigstens das Glück, sie so lange gehabt zu haben. Meine Mutter starb leider, als ich sechzehn Jahre alt war und ich sie noch dringend gebraucht hätte."

Paula hatte Anni nachdenklich angesehen. „So habe ich das noch gar nicht gesehen. Du weißt ja, dass wir uns nicht wirklich nahestanden, meine Mutter und ich. Ich fand sie mir gegenüber oft zu kritisch, zu wenig wohlwollend", antwortete sie dann.

Anni lächelte. „Man muss eben beide Seiten sehen. Möglicherweise war sie nicht die Mutter, die du dir gewünscht hast. Aber vielleicht hat sich deine Mutter für ihre Tochter auch Eigenschaften gewünscht, die du dann nicht oder nicht ganz hattest. Wir wollen immer das Optimum, aber tatsächlich besteht das Leben aus lauter Kompromissen."

„Da hast du recht", pflichtete Paula bei, „vielleicht muss ich diese Dinge einfach mal von einer anderen Seite betrachten."

Und so stand Paula jetzt nachdenklich vor dem Schreibtisch mit dem Ringblock. Ihre Mutter hatte seit jeher gerne Texte verfasst oder das eine oder andere Gedicht geschrieben. Paula hatte sie früher auch mal gelesen. Aber anstatt ihrer Mutter eine ehrliche Rückmeldung zu geben und ihr dadurch zu zeigen, dass sie sie ernst nahm, hatte sie nur flapsige Bemerkungen dazu gemacht. In der Folge hatte die Mutter ihr dann die Texte nicht mehr gezeigt. Warum wollte sie die Texte eigentlich nicht lesen und darüber reden? Ihre Mutter hätte sich sicher gefreut. Vielleicht war das der Punkt. Es war die Rache dafür, dass sie sich von der

Mutter nicht so akzeptiert fühlte, wie sie das gerne gehabt hätte. Vielleicht wollte sie sich auch einfach nicht mit den Gedanken ihrer Mutter auseinandersetzen, wollte ihre eigene Position nicht überdenken. Sie spürte jedenfalls eine starke innere Abwehr gegen diese Texte, wohl wissend, dass ihre Mutter ziemlich enttäuscht war deswegen.

Wo steht es eigentlich geschrieben, dass Eltern perfekt zu sein haben und die Kinder jedes Recht der Welt haben, sie zu kritisieren?, dachte Paula plötzlich. War *sie* denn perfekt? Sie schob diesen unangenehmen Gedanken beiseite. Für heute hatte sie genug.

Sie packte den Ringblock ein, um ihn Anni zu bringen und fuhr wieder zurück in ihre Wohnung. Sie wollte Anni sofort anrufen, aber irgendwie bekam sie die Gedanken an ihre Mutter nicht aus ihrem Kopf. Wie war sie gewesen als junges Mädchen, als junge Ehefrau und Mutter? Welche Vorstellungen und Träume hatte sie gehabt? Natürlich gab es Fotos aus dieser Zeit, aber die gaben nicht wirklich Auskunft darüber.

Paula kochte sich eine Tasse Tee und blickte sinnend durch das Fenster ihres Wohnzimmers. Es war bereits Spätsommer und die Tage waren schon ziemlich kurz. Es dämmerte und Nebel machte sich breit, durch den die Sonne kaum noch durchkam. Paula fragte sich, wie denn ihr Leben jetzt weitergehen sollte. Sich um ihre Mutter zu kümmern war bis zu ihrem Tod ein fester Bestandteil ihres Alltags gewesen, der jetzt wegfiel. Natürlich war ihr das manchmal zu viel gewesen, aber, das musste Paula zugeben, es gab ihrem Leben Sinn. Ihre Streitgespräche, ihre unterschiedliche Auffassung zur Politik, ihre jeweilige Interpretation der Familiengeschichte, das alles fand nun nicht mehr statt. Jetzt erst spürte sie, wie wichtig ihr diese Gespräche waren. Paula konnte sich auch nicht mehr über dieses und jenes Ungemach ihres Lebens beklagen – es interessierte niemanden mehr, außer vielleicht Anni. Aber die Mutter war eben etwas anderes. Bei ihr konnte sie sogar in ihrem reifen Alter noch ab und zu Kind sein. Sie spürte, wie sich ihre Augen wieder mit Tränen füllten. In das Gefühl der Trauer mischten sich jetzt auch Selbstmitleid und das Gefühl, ihrer Mutter etwas schuldig geblieben zu sein. Hatte sie es wirklich wertgeschätzt, dass sie so lange mit ihrer Mutter zusammen sein konnte? Hatte sie ihr jemals gedankt, einfach mal so? Geburtstag, Muttertag, Weihnachten, das waren die offiziellen Termine für dieses Dankeschön. Man ging Essen, überreichte Blumen und Geschenke – aber kam das wirklich von Herzen? Paula musste sich eingestehen, dass ihr verletztes Ego eine echte Zuwendung verhindert hatte. Sie konnte einfach nicht über ihren Schatten springen.

Paula kam sich plötzlich kleinkariert, egoistisch und herzlos vor. Sie hatte manchmal das Gefühl gehabt, dass ihre Mutter auf etwas wartete … Warum fielen ihr nur immer Probleme und Schwierigkeiten ein! Es gab doch auch schöne Dinge, zählten die denn nicht? Sie rief sich zur Ordnung, um nicht in dieser larmoyanten Stimmung zu versinken.

Ihre Mutter hatte sie immer dann unterstützt, wenn sie eine Idee hatte oder Interesse für etwas zeigte. Zum Beispiel wollte sie auf Anraten der Musiklehrerin der Grundschule das Geigenspiel erlernen. Obwohl niemand in der Familie ein Instrument spielte, wurde umgehend eine Geige angeschafft und Paula bekam teuren Einzelunterricht. Für solche Dinge war immer Geld da. Auch für die Reitstunden, die sich Paula einige Zeit später wünschte. Sie musste zur Reitschule gefahren werden und Mutter wartete geduldig, bis sie fertig war, um sie wieder nach Hause zu bringen. Mutter war ein bisschen enttäuscht, dass Paula nicht die nötige Ausdauer aufbrachte und ihre Interessen meist nur von kurzer Dauer waren. Niemals hätte sie ihr jedoch einen Wunsch versagt. Paula fielen noch weitere positive Dinge ein, was sie aber wiederum traurig machte, weil sie die Wertschätzung dieser Dinge ihrer Meinung nach in der Vergangenheit viel zu sehr vernachlässigt hatte. Jetzt war es für alles zu spät.

Sie kam sich mit einem Mal feige vor, weil sie sich nicht traute, die Lebenserinnerungen ihrer Mutter zunächst selbst zu lesen. Glaubte sie denn wirklich, dass ihre Mutter sie nachträglich noch verletzen wollte? Paula fühlte sich unsicher und beschloss Anni anzurufen. Sie erzählte ihr alles, was sie sich so dachte, ihre Gefühle und ihre Ängste und beendete ihre Rede mit „was meinst du dazu, Anni?"

Anni schwieg zunächst, ganz gegen ihre Gewohnheit. Es war zwar immer so, dass sich Paula mit ihren Sorgen und Problemen an Anni wandte, aber normalerweise wusste sie schnell einen Rat oder machte einen Lösungsvorschlag.

„Ich weiß nicht so recht, was ich bezüglich deiner Gefühle für deine Mutter sagen soll", begann sie zögernd, „ich muss da wohl weiter ausholen. Meine Großmutter – also die Mutter meiner Mutter – musste aus Ostpreußen fliehen. Meine Mutter war damals 5 Jahre alt. Großmutter war hochschwanger und alleine mit anderen aus dem Dorf unterwegs. Sie starb bei der Geburt und ihr kleiner Sohn ebenfalls, irgendwo auf dem Weg nach Westen. Meine Mutter wurde zunächst bei Verwandten untergebracht, bis ihr Vater aus dem Krieg zurückkehrte. Sie hat mir immer erzählt, wie sehr sie ihre Mutter vermisst hatte. Vor allem fehlte ihr dieses Gefühl der Geborgenheit und Wärme, das Verständnis für die Sorgen und Nöte eines kleinen Mädchens – ihres Mädchens. Sie hat dann relativ jung einen deutlich älteren Mann – meinen Vater – geheiratet. Wie ich dir schon mal erzählt habe, ist sie gestorben, als ich ein junges Mädchen war. Gerade zu der Zeit der Pubertät mit dem Gefühlschaos, mit dem man ganz schön zu schaffen hat, fehlte sie mir schrecklich. Ich habe so gehofft, dass sie trotz ihrer schweren Erkrankung noch einige Zeit bei uns bleiben würde, aber leider vergeblich. Für mich war das eine sehr traurige Zeit, während meine Freundinnen unbeschwert ihre Jugend genießen konnten. Weißt du, was du mir da eben erzählt hast, ist für mich eine Art Jammern auf hohem Niveau. Ich habe dich immer beneidet dafür, dass du deine Mutter so lange haben durftest."

Paula war jetzt nahezu sprachlos. Sie hörte es Annis Stimme an, dass sie das alles nicht so daher sagte, sondern dass ihre Worte aus ihrem tiefsten Inneren kamen. Anni, die immer so beherrscht war, die ihre Emotionen nach eigenen Worten immer gut kontrollieren konnte, diese Anni trug tief drinnen einen großen, niemals aufhörenden Schmerz versteckt. Sie musste das Gefühl des verlassen Werdens zu einem Zeitpunkt und in einem Alter erleben, wo man auf so etwas einfach noch nicht vorbereitet ist.

Paula schluckte, bevor sie antwortete. „Entschuldige

bitte, wenn ich dich verletzt haben sollte", sagte sie vorsichtig, „ich wusste das nicht so genau. Aber du hast schon recht, wenn etwas selbstverständlich ist, vergisst man leicht, wie wertvoll es ist." Sie hatte jetzt wieder so ein Gefühl der Scham, diesmal Anni gegenüber. „Natürlich werde ich die Aufzeichnungen meiner Mutter zuerst selbst lesen", fuhr sie dann fort „sie sind ja auch an mich adressiert. Es ist unsinnig zu glauben, dass sie mir am Ende ihres Lebens noch eins reinwürgen wollte. Sie war im Prinzip mit sich im Reinen. Ich komme mir gerade ein bisschen blöd vor."

Jetzt musste Anni lachen: „Nein, nein, du hast mich nur vorhin an einem Punkt getroffen, der immer noch schmerzt. Ich war selbst überrascht von meiner spontanen Reaktion. Zuerst dachte ich, du seist vielleicht beleidigt wegen meiner etwas scharfen Ansage."

„Nein", meinte Paula „rück mir nur ruhig den Kopf zurecht. Du darfst das, du sollst das sogar tun. Wer sonst interessiert sich überhaupt noch für mich?"

Beide schwiegen nachdenklich. Eigentlich hatten sie nur noch einander für solch intime Gespräche, in denen man sich gefahrlos öffnen konnte, und jede Art von Verstellung überflüssig war. Sie mussten sich gegenseitig nichts mehr beweisen, sie mussten keine Angst vor Verletzungen haben. Sie ersparten sich dadurch Enttäuschungen, die wiederum eine ganze Palette negativer Gefühle nach sich ziehen würden. Ihre Freundschaft erschien ihnen plötzlich als etwas sehr Kostbares, deren Wert gerade in solch persönlichen Augenblicken spürbar wurde.

„Ja dann", fuhr Anni leise fort „lies das, was dir deine Mutter hinterlassen hat. Es würde mich schon interessieren, was sie dir noch zu sagen hatte, was bisher wohl nicht wirklich zur Sprache gekommen ist."

Obwohl Paula inzwischen der Meinung war, dass sie die Aufzeichnungen ihrer Mutter ohne Angst oder Besorgnis lesen konnte, zögerte sie noch, damit zu beginnen. Noch immer beschäftigte sie die Frage, warum ihre Mutter Dinge, die sie für so wichtig hielt, ihr nicht persönlich gesagt hatte. Es war ja nicht so, dass sie nicht mehr dazu gekommen war, sondern sie hatte sie bewusst zurückgehalten. Das konnte nur daran liegen – das musste sich Paula jetzt eingestehen – dass ihre Mutter ihr in diesem Punkt zu wenig Vertrauen entgegenbrachte. Sie wollte etwas mitteilen, was ihr am Herzen lag, von dem sie jedoch überzeugt zu sein schien, dass es ihre Tochter nicht genügend oder gar nicht interessieren würde.

Paula war über diese Gedanken selbst ein wenig überrascht. Bisher war es immer so gewesen, dass sie glaubte, mehr oder weniger berechtigt Kritik an ihrer Mutter üben zu können. Aber jetzt kam es ihr tatsächlich so vor, als ob ihre Mutter gerne etwas mitgeteilt hätte, was das Bild, das Paula von ihr hatte, korrigieren sollte. Fühlte sie sich manchmal zu Unrecht kritisiert? Hatte sie den Eindruck, als Mensch nicht richtig wahrgenommen zu werden?

Paula überlegte: Hatte ihre Mutter ein ebenso großes Bedürfnis danach, anerkannt und in ihrem Sosein akzeptiert zu werden, wie jeder andere Mensch? Und ganz speziell von ihr, ihrer Tochter. Aus Gründen, die Paula gut bekannt waren, hatte sie ihr das bewusst vorenthalten. Aber diese bisherige einseitige Sichtweise, konnte man bei genauerer Betrachtung nicht aufrechterhalten. Sie fühlte, dass sie ihrer Mutter etwas schuldete, nämlich, dass sie sich jetzt nachträglich damit auseinandersetzte, was sie ihr schriftlich in diesem Block hinterlassen hatte, und es nicht nur achtlos beiseitelegte.

Und so schlug Paula neugierig, gespannt und gleichzeitig nervös die erste Seite auf.

Liebe Paula, stand da, ich habe nicht mehr lange zu leben. Ich spüre es, und deshalb möchte ich dir noch etwas geben, was mir sehr wichtig ist. Ich habe meine Art und Weise, mit verschiedenen Lebenssituationen umzugehen, in vier kleine Geschichten verpackt. Diese Geschichten beschreiben Episoden meines Lebens, die für mich prägend waren. Nicht alles ist eins zu eins so geschehen, wie ich es dargestellt habe. Es sind eben Geschichten und keine Lebensbeichte. Ich möchte – das wäre mein Wunsch – dass du siehst, welcher Mensch ich noch war außer deine Mutter. Vielleicht interessiert es dich heute, da ich nicht mehr lebe, eher, als zu meinen Lebzeiten, als wir uns mehr oder weniger aneinander abgearbeitet haben. Die Geschichten habe ich vor langer Zeit geschrieben, als mein Gedächtnis noch besser war und ich meinem aktiven Leben noch näherstand als jetzt im Alter. Du wirst dich fragen, warum ich nicht mit dir darüber geredet habe, wenn es mir doch so wichtig war. Aber ich möchte dich bitten, ließ erst die Geschichten, bevor du dir hierzu eine Meinung bildest.

Ada und Jan, das Wiedersehen

„Und?", fragte Jan.

„Was *und*?", antwortete Ada. „Was für eine Frage! Was willst du denn hören?"

„Du bist genauso ätzend wie früher", sagte Jan und setzte ein schiefes Lächeln auf. „Nach 40 Jahren fällt dir nichts anderes ein, als zu ätzen."

„Quatsch", sagte Ada, „ich bin eben noch genauso gründlich wie ich früher war. Auf „und" kann man nicht antworten. Wie üblich soll ich jetzt das Gespräch beginnen – du hältst dich zurück und wartest ab."

Jan lachte auf: „Tatsächlich, ja, ich habe wieder mal keine Lust aus meinem Schneckenhaus herauszugehen."

„Gegenüber früher bist du bemerkenswert offen. Das hättest du früher nie zugegeben, und ich wäre schon wieder sauer geworden." Ada sagte das mit einem spöttischen Lächeln.

„Kaum sehen wir uns nach so langer Zeit, schon reden wir wieder von früher, erzähl doch einfach was du so machst!" Jan lehnte sich zurück und sah Ada aufmerksam an. Natürlich war sie älter geworden. Aber erstaunlicherweise hatte sie immer noch ihr offenes, freundliches Gesicht, dieses Lachen, bei dem sie ihre Zähne zeigte, die braunen Augen, die manchmal verträumt und melancholisch blicken konnten, manchmal spitzbübisch und spöttisch. Er hatte sich damals in sie verliebt, davon konnte ihn auch ihre Kratzbürstigkeit nicht abhalten. Sie hatte eine ganz spezielle Art, Dinge treffsicher und schnell zu analysieren. Mit dem ironischen Unterton, den sie dabei anschlug, kam allerdings nicht jeder zurecht. Jan fand das amüsant und spannend, dafür konnte er mit empfindlichen Seelchen nichts anfangen. Aber da war noch etwas, nämlich diese eigenartige Gutmütigkeit, fast Naivität, dieser Glaube an das Gute im Menschen, das Ada ausstrahlte. Dieser Gegensatz faszinierte Jan damals in ganz besonders. Wo Ada echtes Leid oder tiefe Gefühle erkennen konnte, sparte sie sich jeden Spott und zeigte sich übermäßig mitfühlend.

Jan verlor sich in den Erinnerungen und hörte wie von ferne Adas Stimme: „Du musst mir dann aber auch zuhören! Wir haben doch genügend Zeit, auch noch von früher zu reden, oder?"

Jan fühlte sich ertappt und nahm einen Schluck Wasser. Es war doch eine gute Idee gewesen, dachte er, sich in dieser Ausflugsgaststätte zu treffen, die wochentags – es war Dienstag – wenig besucht war. Der Sommer hatte gerade begonnen und die Linden, die die Terrasse umsäumten, auf der sie saßen, dufteten betörend. Sie lebten jetzt viele hundert Kilometer voneinander entfernt und trafen sich in der Mitte, nicht weit entfernt von ihrem damaligen Wohnort. Es war Adas Idee gewesen. Sie beschäftigte sich, seit sie nicht mehr arbeitete, verstärkt mit ihrer Lebensgeschichte, machte Jans Adresse ausfindig und meldete sich – nach vier Jahrzehnten des Schweigens. Jan war überrascht und verwirrt und benötigte einige Zeit, um dem Treffen zuzustimmen. Das Ende ihrer Beziehung lag zwar weit zurück, aber er hatte es als unerfreulich, wenn auch nicht dramatisch in

Erinnerung. Letztendlich überwog die Neugierde. Wie würde Ada denn heute aussehen?

„Schieß los", sagte Jan schließlich, und Ada begann zu erzählen.

„Ich bin im Ruhestand", begann sie, als wenn dies eine Art Eigenschaft wäre, wie „ich bin Mutter".

„Na", meinte Jan, „den Zustand habe ich schon länger erreicht." Er spielte darauf an, dass er zehn Jahre älter war als sie.

„Für mich ist das immer noch das zentrale Ereignis", sagte Ada und holte einmal tief Luft. „Die letzten drei Berufsjahre sind mir extrem schwergefallen, und ich bin immer noch dabei, mich in diesem neuen Zustand einzurichten."

„Na gut", meinte Jan „aber was hast du denn nun in den letzten vierzig Jahren gemacht?"

„Du meinst, als ich mich in mein Auto gesetzt habe und abgefahren bin, nachdem ich noch meine restlichen Sachen, die ich bei dir hatte, eingeladen hatte. Du hast noch durch das Seitenfenster geschaut und ich war froh, dass es vorbei war."

„Jetzt sind wir schon wieder bei der Vergangenheit", sagte Jan erstaunt, „scheinbar beschäftigt dich das immer noch!"

Jetzt fühlte sich Ada ertappt, und sie schwieg zunächst. Jans Stimme hatte den betont ruhigen Klang, den sie damals auch hatte, wenn sich eine Situation zuzuspitzen drohte. Er sprach dann langsam, wählte jedes Wort sorgfältig aus und versuchte auf diese Weise, jede Art von Eskalation zu verhindern. Er war damals bereits geschieden gewesen und hatte Ada deshalb einiges an Beziehungsdramen voraus. Nie war er laut geworden, wobei dies nach Ansicht Adas auch mit seiner Herkunft zusammenhing. Er stammte aus Cuxhaven, während Ada im Südwesten beheimatet war. Er hatte diese ruhige, norddeutsche Art, die Ada zuerst angenehm, später dann langweilig fand.

Ada fühlte sich jetzt aus dem Konzept gebracht. Sie wollte wirklich keine vierzig Jahre alten Beziehungsprobleme lösen. Sie hatte sich das Treffen eher so vorgestellt, dass sie sich ihr Leben erzählten mit der Vertrautheit, die man nun mal hatte, wenn man einige Jahre befreundet war. Warum nur war ihr dann dieser Satz rausgerutscht? Da war sie wieder, diese Naivität! Einfach mal schauen, was ein Verflossener nach vierzig Jahren so machte. Ihre Neugierde war viel stärker gewesen als ihre Bedenken. An das Aufleben alter, längst vergessen geglaubter Gefühle hatte sie eher nicht gedacht.

Und so saßen sie sich nun gegenüber und stellten beide fest, dass die Dinge nicht so einfach waren wie sie zunächst dachten. Vielleicht sollten wir einfach ehrlich miteinander umgehen, überlegte sich Ada, zugeben, dass möglicherweise Unerledigtes oder Missverständliches zwischen uns steht. Es fiel ihr leicht, in solchen Fällen den ersten Schritt zu tun, sie vergab sich nichts dabei.

„Ich glaube, ich bin zu naiv gewesen", nahm Ada den Gesprächsfaden wieder auf, „ich dachte, wir könnten einfach miteinander plaudern wie alte Schulkameraden. Aber es sieht so aus, als ob wir erst zueinander finden sollten, auch wenn es vielleicht unangenehm ist."

Es war unangenehm, und Jan schwieg leicht verstimmt. Er hatte keine Lust und schon gar kein Interesse über seine Gefühle zu reden, weder damals noch heute. Er begann, das Treffen für einen Fehler zu halten.

„Du würdest jetzt am liebsten gehen, stimmt's?", hörte er Ada sagen, die offensichtlich seine Gedanken lesen konnte.

Da war sie wieder, diese unangenehme Situation, die er so gut kannte. Da war wieder der Druck, etwas preisgeben zu müssen, seine Verletzlichkeit einzugestehen - wie sehr er das alles hasste! Er konnte nicht verstehen, dass Frauen so eine Freude hatten am Rumwühlen in den seelischen Abgründen anderer Leute, und am liebsten beim Partner.

„Ich möchte das jetzt aber nicht", sagte Jan knapp. Ein Graben tat sich zwischen ihnen auf.

Ada schwieg ebenfalls. „Weißt du was", sagte sie nach einer Weile des Nachdenkens, „wir machen einen Spaziergang und unterhalten uns über irgendwas. Zum Beispiel über Politik. Du warst doch immer links, hattest linke Freunde und das Kursbuch abonniert. Über Politik konnten wir uns immer super unterhalten. Lassen wir doch den privaten Scheiß einfach weg!"

Jan lachte, der Bann war gebrochen. Dafür, für ihre spontanen Einfälle, hatte er sie geliebt. Sie konnte im Trüben ein Türchen finden und öffnen, sodass ein Lichtstrahl die Welt plötzlich heller machte. Themenwechsel – Ortswechsel – Stimmungswechsel, das war Ada. Jan zahlte die Getränke, dann liefen sie los.

Er hätte sie gerne festgehalten, damals. Sie hatte sein Leben bunt und abwechslungsreich gemacht. Zu dieser Zeit hatte sie einiges an Turbulenzen auszuhalten gehabt. Studium, Beziehungskrisen, Existenzkrisen – die ganze Palette eines jungen Erwachsenenlebens. Er bewunderte ihren Mut, ihre innere Kraft, ihren Willen zum „trotzdem". Ihre Stärke bestand zweifellos im Durchhalten, gerade dann, wenn ihr der Wind ins Gesicht blies. Er stand ihr gerne als Freund zur Seite und hoffte, dass sie seine ruhige, beständige Art schätzte, dass sie ihn vielleicht sogar ein wenig liebte. Aber Ada war ein freier Vogel. Sie ließ sich nicht einfangen, hatte viele Pläne. Diese machte sie allerdings nur für sich. In keinem von ihnen kam er vor. Sie wollte nach dem Studium in die Entwicklungshilfe gehen, wohl weniger aus sozialem Engagement heraus denn aus Abenteuerlust.

Jan wollte sich selbst gegenüber nie eingestehen, weder damals noch heute, wie geknickt er war, als sie davonfuhr. Er hatte sie seither nicht wiedergesehen, hatte keinen Kontakt mehr zu ihr. Natürlich konnte er sich erinnern, wie er durch das Seitenfenster in den Wagen sah. Ihre entschlossene und versteinerte Miene war ihm im Gedächtnis geblieben. Es war zu spät für alles. Er machte sich später Vorwürfe. Er hätte nur einmal aus seinem Schneckenhaus herausgehen sollen, einmal sagen sollen, dass er sie liebte, dass er so gerne mit ihr zusammenbleiben wollte. Er hätte sein Herz öffnen sollen. Aber er war zu verletzt gewesen, er konnte sich einfach nicht überwinden, nicht zu jener Zeit.

Er hatte eine gescheiterte Ehe hinter sich und eine kleine Tochter daraus. Es zerriss ihm fast das Herz, dass er sie nur ganz selten sehen konnte, dass eine unaufhaltsame Entfremdung spürbar wurde. Er war nicht wirklich frei für eine neue Beziehung gewesen. Ada kam zu früh – oder auch nicht. Wer weiß so etwas schon. Ihre Freundschaft war jedenfalls zeitlich begrenzt, hatte keine Zukunft. Trotzdem war das Ende irgendwie schräg. Er dachte nicht gerne daran.

„Wählst du immer noch SPD?", hörte er Ada fragen.

„Na klar", antwortete Jan, „und du? Lass mich raten: die FDP?"

„Nein, die Grünen, und zwar immer."

Das Gespräch stockte.

„Die Welt hat sich verändert seither", sagte Ada, „wir dachten, alles wird besser: mehr Freiheit, mehr Frieden, Geld war nicht so wichtig. Stattdessen dreht sich heute alles um Geld und Konsum, um Äußerlichkeiten."

„Uns geht es wie all den Generationen vor uns, die mit zunehmendem Alter die Wichtigkeiten der Jungen nicht mehr so recht einordnen können", meinte Jan. „Hast du Kinder?", fragte er unvermittelt.

„Ja, einen Sohn", erwiderte Ada.

Am Ton ihrer Stimme konnte Jan erkennen, dass dieser ihr sehr viel bedeutete. Zu seiner Tochter hatte er eine eher distanzierte Verbindung. Auch seine Enkelkinder sah er nur selten. Es war nicht nur die räumliche Trennung, die Nähe schwierig machte. Der eigentliche Grund war die Tatsache, dass das Familienleben auseinanderbrach, als Klara fünf Jahre alt war. Seine Frau hatte bald darauf wieder einen neuen Partner gefunden. Irgendwie war es Jan nicht gelungen, die intensive Beziehung zu seiner Tochter aus den

Kindertagen aufrecht zu erhalten. Er wollte sie so gerne ins Erwachsenenleben begleiten. Der Einfluss seiner Frau war sehr stark, es war nicht erwünscht.

„Du schaust gerade etwas melancholisch aus", sagte Ada, „was ist los? Du hast doch auch eine Tochter!"

„An die dachte ich gerade", sagte Jan, mehr nicht.

Ada fragte nicht weiter nach. Sie hatte die kleine Klara einmal gesehen, da war sie etwa acht Jahre alt gewesen. Sie hatte ein dünnes blondes Mädchen in Erinnerung, mit langen Haaren, sehr schüchtern und schweigsam. Jans Frau war extrem eifersüchtig gewesen, was wohl auch ein Scheidungsgrund war. Ada war viel zu jung und unerfahren, um sich in Jans Elend einfühlen zu können. Natürlich hörte sie sich die ganzen Ehegeschichten an und gab ihren Kommentar dazu, aber in Wirklichkeit berührte sie das alles nicht besonders. Sie war mit anderen Dingen beschäftigt. Sie fragte sich allerdings, warum es nach einer Scheidung nicht gut war. Warum man sich danach immer noch verfolgte und verletzte. Die Welt der Gefühle blieb für Ada lange Zeit ein Buch mit sieben Siegeln.

Heute kannte sie sich damit besser aus, fand aber nach wie vor, dass sich viele Menschen viel zu sehr in alles hineinsteigerten. Wenn etwas nicht gut war, dann schloss man irgendwie damit ab und wandte sich wieder anderen Dingen zu. Sie war jedenfalls mit dieser Einstellung immer gut zurechtgekommen. Jeder ist eben anders, dachte sie sich im Stillen, das hatte sie im Laufe ihres langen Lebens gelernt.

„Bist du mit deinem Mann noch zusammen?", fragte Jan.

„Nein, er ist gestorben als Lukas fünf Jahre alt war", erzählte Ada, „ich habe meinen Sohn mehr oder weniger alleine großgezogen".

„Das tut mir leid" meinte Jan überrascht „und du lebst seither allein?"

„Nein", sagte Ada „ich habe wieder einen Partner gefunden, aber wir haben nicht mehr geheiratet."

Die nächsten zehn Minuten liefen sie schweigend nebeneinander her, jeder in seinen Gedanken versunken. Sie wanderten durch einen lichten Laubwald. Von Ferne hörte man Wasser rauschen, vermutlich von einem Bachlauf. Die Vögel sangen aus Leibeskräften und die Luft roch würzig nach Waldboden und Pilzen. Der Weg war weich und federnd, sodass ihre Schritte kaum zu hören waren. Es war ein Sommertag wie aus dem Bilderbuch, und sie schritten beschwingt vorwärts. Sie waren beide gut zu Fuß, Jan immer noch schmal und drahtig, Ada eher kräftig und sportlich. An einer Lichtung blieben sie stehen und genossen die Wärme der hier einfallenden Sonnenstrahlen.

„Lass uns ein bisschen rasten", sprach Jan, und sie setzten sich gemeinsam auf einen Baumstamm.

„Es ist doch nicht so einfach sein Leben zu erzählen", stellte Ada fest, „man stößt immer wieder an Punkte, die schmerzen. Lassen wir diese Dinge aber weg, dann wird alles unecht oder gar falsch. Die berühmte heile Welt gibt es eben nicht, und das viel beschworene happy end im Kino ist auch nur das Ende eines Lebensabschnittes. Es geht ja danach wieder weiter mit Höhen und Tiefen wie vorher."

„Richtig", bestätigte Jan, „aber vielleicht hilft es, darüber zu reden. Dann erscheint alles selbstverständlicher. Licht und Schatten gehören eben untrennbar zusammen. Die meisten Dinge liegen auch schon lange zurück und schmerzen nur noch wenig."

„Man muss ja nicht zu sehr in die Tiefe bohren", sagte Ada mit einem leichten Lächeln, „außerdem sind wir beide ziemlich robust und halten ein bisschen was aus. Wenn wir zu vorsichtig sind, sämtliche Klippen weiträumig umschiffen, kann das auch in Langeweile enden."

Die alte Ada wieder, dachte sich Jan im Stillen, nichts hasste sie so sehr wie Langeweile. Sich lieber mal eine Schramme einhandeln, als nichts gemacht. Das Leben durfte nicht lau sein. Nichts an sich heranlassen, Herausforderungen vermeiden, keine Risiken eingehen, für nichts wirklich einstehen – für Ada wäre so etwas eine unerträgliche Lebensauffassung gewesen. Vermutlich hat sich da nicht allzu viel geändert in all den Jahren, sinnierte Jan vor sich hin.

„Du hast schon recht", fuhr er dann fort, „was wir uns jetzt erzählen, hört sowieso keiner. Es sind Geschichten aus dem Leben, wie sie jeder zu erzählen hat. Wie geht's dir denn eigentlich finanziell? Ich meine, du hast doch immer gearbeitet?"

„Ach", sagte Ada überrascht, „interessiert dich das denn? So von wegen Altersarmut und so?"

Jan blickte Ada betroffen an. „So habe ich das nicht gemeint", erwiderte er erschrocken.

„Doch, hast du. Aber du hast natürlich recht. Ich hätte dir als Mann diese Frage eher nicht gestellt. Damals dachten wir, dass die Gleichberechtigung nur noch eine Frage der Zeit sei. Aber die gesellschaftlichen Widerstände sind um einiges zäher, als wir uns das vorstellen konnten. Viele Frauen leben im Alter in finanziell angespannten Verhältnissen, um das mal beschönigend auszudrücken. Im Klartext, sie haben einfach nicht genug Geld für einen angenehmen Lebensabend. Für mich gilt das Gott sei Dank nicht. Nach dem Studium habe ich mich in meinem Beruf gut etablieren können. Es war allerdings ein harter und anstrengender Weg. Wenn man sich nicht unterkriegen lassen möchte, muss man mit harten Bandagen kämpfen. Nicht jeder schafft das." Ada holte nach diesem Statement tief Luft und schwieg erst mal.

Jan blickte sie nachdenklich und forschend an. Ihr Gesicht war jetzt angespannt, und ihr Blick war ernst. Sicher hatte sie es nicht leicht gehabt.

„Das hätte mich auch gewundert, wenn es anders gewesen wäre. So wie ich dich kenne, hast du dir und den anderen nichts geschenkt. Du bist und bleibst eine Kämpferin, das habe ich schon immer an dir bewundert." Jan sagte das mit einem warmen und freundlichen Ton.

Ada zog die Augenbrauen hoch, lächelte etwas und sagte: „Lass uns einfach weitergehen."

„Ist es denn nicht so?", fragte Jan unsicher. „Viele Frauen würden sich freuen, wenn man sie für stark und kämpferisch hält."

„Ja schon", meinte Ada, „ich würde allerdings gerne mal was anderes hören."

Jetzt musste Jan wirklich lachen. „Du hast doch

genügend Weiblichkeit, übrigens auch heute noch. In eine Kampfsportlerin hätte ich mich sicher nicht verliebt. Auch deine damalige Katastrophenbeziehung – Paul – war von dir fasziniert, sonst wäre er wohl nicht immer wieder zu dir zurückgekommen."

Adas Miene verfinsterte sich. „Musst du jetzt damit anfangen?"

„Tut mir leid", lenkte Jan ein „es war doch schon alles vorüber, als wir Freunde wurden."

„Vorüber …", rief Ada, „er ist unter tragischen Umständen gestorben!"

„Er war ein Angeber: selbstgefällig, wollte bewundert werden, hat mit Menschen gespielt. Ich habe nie verstanden warum gerade der …" Es war Jan so rausgerutscht. Eigentlich wollte er weder heftig noch emotional werden.

Sie blieben stehen und sahen sich an. Überrascht stellten sie fest, mit welcher Wucht die alten, vergessen geglaubten Gefühle wieder präsent waren.

„Du weißt, ich habe einen hohen Preis bezahlt für diese amour fou", sagte Ada leise, „sie hat mich wachgerüttelt, sie hat mich zu mir selbst geführt, sie hat mir die Tür ins Erwachsenenleben geöffnet. Es konnte nicht gutgehen, das war mir sehr schnell klar geworden. Am Ende war meine Liebe für Paul auch nahezu erloschen. Als er dann mit seinem Katamaran im Mittelmeer verunglückte, war es mir fast schon egal. Trotzdem habe ich mich noch sehr lange mit dieser Geschichte beschäftigt. Es war eben das erste Mal … Paul hat mich in verschiedener Hinsicht geprägt. Das konnte und kann nur ich verstehen."

„Ist ja gut", sagte Jan.

Dann liefen sie wieder eine Weile weiter ohne zu sprechen, jeder mit seinen eigenen Gedanken beschäftigt. Der Wald war plötzlich zu Ende und sie konnten erkennen, dass sie auf einer Anhöhe angelangt waren. Vor ihnen erstreckte sich ein Tal, durch das sich ein Fluss schlängelte, an dessen Ufern sich blühende Wiesen ausbreiteten.

„Mein Gott, ist das schön hier!" Es war Ada, die wieder das Wort ergriff.

„Mhm", antwortete Jan, immer noch leicht verstimmt. „Weißt du", sagte er dann in versöhnlichem Ton, „lassen wir die Dinge doch einfach so stehen, wie sie der andere sagt. Lassen wir besser unsere echten Gefühle zu. Betroffenheit, jetzt nach so langer Zeit, das ist doch lächerlich. Wir haben heute die einmalige Chance uns Dinge zu sagen, die damals einfach nicht gesagt werden konnten. Wir waren zu dicht dran, zu verletzbar. Wir wollten uns im Wesentlichen schützen. Jetzt, aus der Perspektive unseres Alters, sollte es möglich sein, uns unsere Gefühle einfach mitzuteilen, ohne wieder in diese pampige Verteidigungshaltung zu verfallen."

Ada sah Jan erstaunt an. Zum ersten Mal sah sie ihm in die Augen. Sie waren hellblau und blickten sie freundlich und offen an. Es war auch ein fragender Blick. Würde sie darauf eingehen?

„Hm", sagte sie dann, „du hast ziemlich recht. So habe ich das noch gar nicht gesehen. Eine einmalige Chance, sagst du. Du meinst unser Treffen ist mehr als nur Nostalgie?"

„Ja", sagte Jan vorsichtig, „ich weiß natürlich nicht, wie es dir geht dabei. Du hast mir damals sehr viel bedeutet. Wäre ich sonst nach Frankreich gefahren, um dich bei deinem Praktikumsaufenthalt zu besuchen? Es waren fast tausend Kilometer bis zum Atlantik, und ich war stark erkältet."

Ada fühlte sich jetzt nicht gut. Natürlich erinnerte sie sich daran. Sie hatte von ihrem Chef augenzwinkernd vier Tage freibekommen, um mit ihrem Freund Jan zu zelten. Aber irgendwie gefielen ihr diese Tage nicht und sie war froh, als Jan wieder abfuhr. Sie war nicht verliebt, hatte Pläne, wie es in ihrem Leben beruflich weitergehen sollte und fühlte sich von Jans Erwartungshaltung überfordert. Ihr Chef fragte sie danach, ob es schön war und sie antwortete wahrheitsgemäß mit Nein, weil sie eben keine entsprechenden Gefühle für Jan entwickeln konnte. Ihr Chef war daraufhin sehr konsterniert und ging bis zum Ende des Praktikums auf Distanz zu ihr. Sie dachte wirklich nicht gerne an diese Episode zurück. Sie wollte jetzt aber nicht tiefer einsteigen, um Jan nicht nachträglich zu verletzen.

„Ich hatte nicht die richtige Einstellung. Einerseits habe ich mich gefreut, andererseits war ich überfordert. Heute tut es mir leid, dass ich dich so enttäuscht habe", sagte Ada vage.

„Schon gut", brummte Jan, „du musst im Nachhinein keine Erklärungen abgeben. Ich habe das damals schon verstanden. Aber ich war ziemlich frustriert, das kannst du mir glauben."

„Gehen wir wieder weiter?", fragte Ada. „Wir könnten langsam zurückgehen und in der Wirtschaft eine

Kleinigkeit essen!"

„Gute Idee", meinte Jan. Es war wirklich nicht so einfach, diese Dinge, die ihn damals so verletzt hatten, jetzt eher gefühlsneutral zu betrachten. Vielleicht hatte er sich da zu viel zugemutet? Wenn er ehrlich war, dann hatte er dem Treffen nicht nur aus Neugierde zugestimmt, sondern weil er auch einige offene Fragen an Ada hatte.

Ada blickte Jan versonnen an. Jetzt war Ehrlichkeit angesagt. Sie war auch bereit, von sich etwas preiszugeben. „Ich muss zugeben, dass mir erst viel später klar geworden ist, dass du nur meinetwegen in die gleiche Ortschaft gezogen bist, wo ich wohnte", begann sie dann. „Du warst für mich ziemlich rätselhaft mit deiner Schweigsamkeit. Wir haben so gut wie gar nicht über uns geredet. Das tun wir jetzt zum ersten Mal." Ada sprach diese Sätze vor sich hin, als ob sie mit sich selbst reden würde. „Sicher haben sich da auch einige Missverständnisse eingeschlichen, weil ich manches falsch interpretiert habe. Mir fallen ein paar Kleinigkeiten ein, an denen ich mich richtiggehend abgearbeitet habe. Ich habe sehr intensiv Tagebuch geführt seinerzeit, und ich habe die Aufzeichnungen jetzt erst wieder durchgelesen. Ganz zum Schluss habe ich in fünf Punkten analysiert, warum wir nicht zusammenpassten. Aus heutiger Sicht muss ich sagen, dass wir auch aufgrund mangelnder Kommunikation gescheitert sind. Wir haben zwar viel miteinander geredet, die Beziehung jedoch ausgeklammert."

„Siehst du", antwortete Jan, „ich habe das für Harmonie gehalten. Nach einer Ehe mit diesem Dauergerede über die Beziehung hatte ich es wirklich satt, schon wieder über Probleme zu sprechen. Ich gebe offen zu, dass ich deine diesbezüglichen Versuche sofort blockiert habe mit ausdauerndem Schweigen. Ich dachte Gesten sagen mehr als Worte."

„Du würdest heute anders agieren?", fragte Ada.

„Natürlich", Jan nickte. „In meiner jetzigen Beziehung haben wir zunächst auch viel über uns geredet."

„Ist das diese Heide, mit der du mich damals konfrontiert hattest, als ich meine Sachen abholte?", fragte Ada scharf.

„Hat dir das was ausgemacht? Ich wollte dich nur provozieren. Nein, das war nur eine Episode. Eva habe ich erst viele Jahre später kennengelernt, als ich mich wieder gefangen hatte. Erst da habe ich gemerkt, dass man etwas Persönliches einbringen muss, dass man seine Gefühle in Worte fassen muss, damit sich die Partnerin auch auskennt. Mit ausdauerndem Schweigen kann man natürlich jede Art von Diskussion beenden, die Unstimmigkeiten bleiben trotzdem bestehen. Der Klärungsbedarf steigt immer weiter an, bis dann irgendeiner mal explodiert. Dann ist allerdings viel kaputt."

Jan blickte Ada in die Augen, während er das sagte. Sie sollte wissen, dass er ihre Gefühle von damals jetzt besser verstehen konnte.

„Dann hast du allerdings viel gelernt", sagte Ada daraufhin. „Und bist du jetzt glücklich? Das ist doch immer die Gretchenfrage."

Ada blickte Jan forschend an, lächelte etwas und zog die Augenbrauen hoch. „Die Antwort auf so eine einfache Frage lässt aber recht lange auf sich warten …"

Jan sah Ada ungewöhnlich ernst an. Sie waren jetzt stehen geblieben. „Ada, was für eine Frage! Es gab und gibt glückliche Momente in meinem Leben, und da gehört die Zeit mit dir ganz sicher dazu. Aber man kann nicht ständig glücklich sein. Niemand kann das. Ich bin ein zufriedener Mensch. Ich habe mich mit meiner Vergangenheit arrangiert oder auch ausgesöhnt, nenne es wie du willst. Man kann ja auch nichts mehr rückgängig machen. Ich habe keine wirklich schlimmen Dinge getan, die ich auf ewig bereuen müsste. Mir ist auch nichts wirklich Schlimmes zugestoßen. Obwohl ich kein gläubiger Mensch bin, ist das ein Grund, dankbar zu sein."

„Wie weise du daherredest", sagte Ada erstaunt, „du hast dir wirklich viele Gedanken gemacht. Aber mir geht es ähnlich. Vielleicht geht es allen bewusst lebenden Menschen unseres Alters so, dass man am Ende zur Aussöhnung mit allem und mit allen bereit ist. Man sollte keine offenen Rechnungen mehr haben. Das hat mit Gläubigkeit nichts zu tun, sondern mit dem Wunsch nach innerem Frieden. Wir haben eben nicht mehr so viel Zeit wie damals, als das Leben als große Aufgabe noch vor uns lag."

„Ada, wenn du so redest werde ich melancholisch. Mir ist klar, dass auch du deinen persönlichen Weg zur Erkenntnis gegangen bist. Ich möchte aber noch ein bisschen unserer gemeinsamen Zeit von damals nachspüren, bitte."

Das „bitte" kam so leise, dass es Ada fast nicht hören konnte. Sie drehte sich überrascht zu Jan um und konnte erkennen, dass er noch etwas auf dem Herzen hatte, was ihm sehr wichtig war. Sie sah es seinen Augen an, dass er auf ein Wort von ihr wartete, dass er eine Frage an sie hatte, die nur sie beantworten konnte. Sie senkte den Kopf und schluckte. Sie war ihm damals eine Antwort schuldig geblieben, auf die er wohl bis heute gewartet hatte. Vielleicht war das auch der eigentliche Grund für dieses Treffen. Wer wusste denn schon, was in den Tiefen der Herzen von Menschen alles vorging. Nach einer Weile flüsterte sie: „Du hast mich damals wirklich geliebt, nicht wahr? Ich konnte diese Liebe nicht erwidern, meine Gefühle für dich waren nicht tief genug. Das war das Kernproblem."

Sie nahmen sich wortlos in die Arme und drückten sich lange. Es war einer jener kostbaren und seltenen Momente des Gleichklangs zweier Seelen. Auch Ada war jetzt bewegt und bekam feuchte Augen.

Jan räusperte sich und sagte: „Ich konnte dir das damals einfach nicht sagen, verstehst du? Und ich dachte all die vielen Jahre: Hätte ich doch damals etwas zu dir gesagt. Jetzt weiß ich, dass es nichts geändert hätte. Ich bin sehr erleichtert."

Ada sagte verwundert: „Und deshalb hast du dem Treffen zugestimmt? Weil du wissen wolltest, ob wir damals eine Chance gehabt hätten, wenn du nur über deinen Schatten gesprungen wärst? Wir waren gute Freunde und sind es heute noch, das war und ist meine innere Haltung zu dir, glaube mir."

Jan meinte etwas lakonisch: „It's always the same old story – Liebe, Leidenschaft, Trennung, Schmerz, Melancholie."

Ada schüttelte den Kopf: „Jemanden aus tiefstem Herzen zu lieben oder einmal geliebt zu haben, ist ein großer Schatz, den man sich aufbewahren muss. Diese Gefühle darf man im Nachhinein nicht schlecht reden. Als ich damals zu dir in deine Wohnung zog, in dieses klitzekleine Gästezimmer, als ich nur noch ein Häufchen Elend war, nachdem du mich aufgelesen und mitgenommen hattest, warst du meine letzte Rettung. Das Beziehungsende mit Paul und sein plötzlicher Tod hatten mich ziemlich aus der Bahn geworfen. Ich konnte mich nicht konzentrieren, hockte dauernd nur zu Hause rum und grübelte.

Dann konnte ich mein Studium beenden und in aller Ruhe die Diplomarbeit anfertigen. Wir lebten wie ein Ehepaar, aber es war natürlich nur eine Art Schwebezustand für einige Monate. Ich habe es damals versäumt, dir dafür zu danken. Das möchte ich jetzt von ganzem Herzen tun. Es ist so schön, dass ich hierzu jetzt die Gelegenheit habe, nach all den vielen Jahren. Diese kurze Episode meines Lebens steht immer noch vor meinem geistigen Auge, als wäre es gestern gewesen: leicht, luftig, wunderbar, ein Ausnahmezustand. Wenn ich nach der stundenlangen Tipperei auf der Schreibmaschine eine Pause machte, hatte ich oft das Radio eingeschaltet und verschiedene Lieder, die mir damals gefielen, auf Kassette aufgenommen. Mir fällt da gerade „April Love" von Pat Boone ein, vielleicht habe ich es aufgenommen, weil es Frühling war. Ganz ehrlich, immer wenn ich zufällig das Lied höre, denke ich an diese Zeit zurück."

Jan sah Ada verwundert an: „So romantisch habe ich dich gar nicht in Erinnerung! Das hast du gemacht? Das ist dir so deutlich im Gedächtnis geblieben? Wie wenig Ahnung wir doch voneinander hatten! Ich habe mich oft über deine fanatische Liebe zu Hermann Hesse geärgert."

„Ja, das Gedicht „Stufen" konntest du nicht leiden wegen der Zeile: ‚*Nun an denn Herz, nimm Abschied und gesunde*', fiel Ada ein.

„Ist doch klar!" Jan musste lachen. „Wie schön, dass wir diese Erinnerungen nochmal gemeinsam aufrufen können."

Plötzlich sprach keiner mehr, als wäre ein Faden gerissen. Ada ahnte, woran Jan dachte und er hoffte, dass sie an etwas Ähnliches dachte wie er. April Love – Love – da war doch noch etwas. Den Austausch intimer Zärtlichkeiten hatte es natürlich auch gegeben. Zwar nicht sehr intensiv, aber immer mal wieder. Nachdem Ada bei Jan eingezogen war, wollte sie dies allerdings nicht mehr. Sie begründete es mit dem verunglückten Paul, und Jan nahm Rücksicht auf ihre Gefühle. In Wirklichkeit hatte sie jedoch Angst, sich zu verlieben und in die nächsten Turbulenzen zu geraten. Später allerdings, als sie das Studium beendet hatte und vorübergehend wieder zu ihren Eltern gezogen war, kam sie Jan regelmäßig besuchen, und dann war es doch recht schön. Ada begann Gefühle für Jan zu entwickeln, dachte sogar an eine feste Beziehung, aber da machte Jan einen verhängnisvollen Fehler. Er unterstellte Ada, dass sie ihn für Ehe und Familie „einfangen" wollte. Ada war empört und zornig. Das hatte sie einfach nicht nötig. So ein Verhalten wäre völlig unter ihrer Würde gewesen. Jan war wohl nicht klar, dass er mit dieser Bemerkung das Vertrauen, das Ada zu ihm aufgebaut hatte, völlig zerstörte. Aber natürlich redeten sie nicht darüber. Vermutlich hatte Jan nach seiner verunglückten Ehe Bindungsängste entwickelt. Die Zuneigung Adas zu Jan war jedoch nicht groß genug, um darum zu kämpfen. Sie schrieb Jan einen Abschiedsbrief, holte ihre Sachen und verschwand aus seinem Leben.

Ada beschloss im Stillen, dieses Beziehungsende jetzt nicht zu thematisieren. Es war eben zu Ende gegangen, damals.

„War's denn schön mit mir?", fragte Jan in die bedrückende Stille hinein.

Ada begann sich unwohl zu fühlen. Wieso nur wollten die Männer immer wissen ob sie gut waren, sogar nach vierzig Jahren?

„Ich hatte schon den Eindruck", setzte Jan nach. Im Stillen dachte er sich, warum denn Frauen immer so zimperlich waren, wenn es um die schönste Sache der Welt ging.

Selbst Ada wurde verlegen und druckste herum. „Ja, schon", fing sie an, „ehrlich gesagt, so genau weiß ich das nicht mehr. Müssen wir denn darüber reden?"

„Würde ich gerne", erwiderte Jan, „aber es hat wohl wenig Sinn." Er seufzte leise und Ada lachte.

„Lass es einfach bleiben", meinte sie dann versöhnlich, „über Sex zu reden, hat doch noch nie funktioniert. Aber es war okay, wenn dich das beruhigt."

In der Zwischenzeit hatten sie die Gaststätte erreicht. Es war schon später Nachmittag, und die gemeinsame Zeit neigte sich ihrem Ende zu. Sie beschlossen noch etwas zu essen. Danach würde jeder wieder in sein gewohntes Leben zurückkehren. Sie lasen die Speisekarte und bestellten Essen und Getränke. Eine gewisse Nüchternheit machte sich jetzt breit. Jeder hing seinen Gedanken nach und schwieg.

Die Ankunft im Hier und Jetzt erschien ihnen nach diesem gefühlsintensiven, nostalgischen Spaziergang irgendwie profan. Die Poesie dieses Nachmittags war zwar noch zu spüren, begann jedoch unwirklich zu werden und sich zu verflüchtigen wie ein Duft.

„Es war wunderschön", sagte Ada. Sie wollte jetzt keine melancholische Abschiedsstimmung aufkommen lassen, wollte diesen Tag noch abrunden, aber es gelang ihr nicht so recht. Unausgesprochen stand die Frage im Raum, ob sie weiter Verbindung halten sollten. War mit diesem Tag nicht etwas Offenes, Unfertiges vollendet worden? War denn nicht alles gesagt worden, was es zu sagen gab?

„Ja", antwortete Jan. Auch ihm war bang geworden bei dem Gedanken an den Abschied.

„Wir machen uns jetzt aber nicht alles kaputt mit aufgesetzter Nüchternheit, um Sentimentalitäten zu vermeiden?", platzte Ada los.

Jan sah sie verwirrt an. So einen massiven Satz hatte er nicht erwartet. Nicht in diesem Moment. Dazu fiel ihm zunächst nichts ein.

„Lass uns einfach noch einen kleinen Verdauungsspaziergang machen bevor wir fahren!", nahm Ada das Gespräch wieder auf.

Jan sah sie an und sagte nur: „Du bist einfach die Beste."

Ada lächelte etwas gequält. Sie war sich nicht sicher, ob Jan ihr mit dieser Bemerkung ein Kompliment gemacht hatte.

Inzwischen war der Abend hereingebrochen, und die

Linden dufteten noch intensiver als am Morgen. Es wehte ein sanfter Wind, der dem Tag die Schwüle nahm.

„Gehen wir noch eine kleine Runde rüber zum Wald", sagte Jan. Seine Stimme war leise und hatte einen eigenartigen, fast zärtlichen Klang.

Ada fühlte sich unsicher. Sie hatte sich einige Sätze zurechtgelegt, aber war das auch passend? Sie beschloss, zunächst nichts zu sagen. Sie fühlte, dass Jan jetzt die Führung übernehmen wollte und war froh darüber. Am Waldrand drehten sie sich um und blickten zurück auf die Gaststätte, die im Abendlicht große Behaglichkeit ausstrahlte.

Jan wandte sich zu Ada um und legte ihr die Hände auf die Schultern. Er sah ihr tief in die Augen und sagte: „Wir werden uns jetzt nichts versprechen. Wir haben unsere Adressen. Aber um eines möchte ich dich bitten. Falls du mich brauchst, wozu auch immer, dann erwarte ich, dass du dich an mich wendest, versprichst du mir das?"

Ada senkte den Kopf. Als sie wieder aufsah hatte sie Tränen in den Augen. „Das gleiche gilt auch für dich", sagte sie dann. „Dieser Tag hat etwas Besonderes mit uns gemacht. Jeder von uns bekam seine offenen Fragen beantwortet. Es war, als hätte jeder vor seinem Puzzle gesessen und konnte die fehlenden Teile nicht finden. Ich habe dein Puzzle vollendet und du das meinige. Obwohl unsere Geschichte vor vierzig Jahren zu Ende ging, ist sie doch erst jetzt vollständig erzählt."

Jan schluckte. Er konnte jetzt nichts sagen. Er nahm Adas Gesicht in beide Hände und gab ihr einen langen Kuss. Dann flüsterte er: „Danke für alles. Mach's gut."

Epilog

5 Jahre später

Ada las die Zeitung. Ihr Augenlicht war nicht mehr besonders gut, und es dauerte lange, bis sie damit fertig war. Seit zwei Jahren lebte sie allein. Sie hörte das Postauto kommen und ging ans Gartentor, um die Post in Empfang zu nehmen. Dann brauchte der Postbote nicht auszusteigen. Dieses Mal war – was selten vorkam – ein Brief dabei. Sie blickte auf den Absender und las: K. Reimer. Als sie den Brief öffnete war ein Blatt Papier und ein weiterer Brief darin. Auf dem Papier stand:

Liebe Ada, mein Vater hat mich gebeten, Ihnen nach seinem Tod den beiliegenden Brief zu schicken. Mein Vater, Jan Timmer, ist vor zwei Wochen verstorben. Viele Grüße, Karla Reimer.

Ada konnte vor Tränen nichts mehr sehen. Jan … Sie hatten sich nicht mehr gesehen und auch nichts mehr voneinander gehört. Jeder von ihnen hatte diesen Sommertag wie einen Schatz gehütet, wollte wohl keine Eintrübung riskieren. Sie ließ Jans Brief einige Tage ungeöffnet liegen, so aufgewühlt war sie. Dann las sie:

Liebe Ada,

wenn du diesen Brief in Händen hältst, werde ich nicht mehr hier sein. Bis zuletzt habe ich jeden Tag an dich gedacht. Der eine Tag vor fünf Jahren war das größte Geschenk für meine alten Tage. Ich habe dir nicht die ganze Wahrheit gesagt, damals, um dich nicht zu belasten. Es gab keine Eva, ich lebte schon lange alleine. Irgendwie habe ich keine Beziehung mehr zustande gebracht. Immer wenn ich eine Frau kennenlernte, standest du plötzlich daneben, mit deinem spöttischen Lächeln, deinen lieben Augen und den hochgezogenen Augenbrauen – und das war's dann wieder. Du hast mir damals etwas gesagt, was mir die Kraft für mein restliches Leben gegeben hat: Jemanden aus tiefstem Herzen geliebt zu haben, ist ein großer Schatz, den man sich aufbewahren muss. Für immer, dein Jan.

Paula hatte die Geschichte mit wachsendem Erstaunen gelesen. Sollte Ada ihre Mutter gewesen sein? Hatte dieses späte Treffen mit einer Jugendliebe tatsächlich stattgefunden, oder war es nur eine Fiktion? Paula war verwirrt und gleichzeitig gerührt. Ihre Mutter war damals gerade Mitte zwanzig gewesen und hatte wohl ihre ersten Beziehungserfahrungen gemacht. Sie studierte in einer Stadt, die etwa 200 km von ihrem Zuhause entfernt lag, so viel wusste Paula.

Plötzlich entstand das Bild eines jungen Mädchens vor Paulas geistigem Auge. Ihre Mutter war dreißig Jahre jünger als sie – Paula – jetzt war. Sicher war sie neugierig und optimistisch gewesen, wollte das Leben erkunden. Bestimmt hatte sie viele Pläne, was sie später einmal machen wollte. Dieser Jan passte da vermutlich nicht recht hinein. Ihre Gefühle für ihn waren auch nicht tief genug für eine gemeinsame Zukunft. Und doch hatte sie so starke Erinnerungen an ihn, dass sie sich ein spätes Treffen mit ihm wünschte. Ob es wohl wirklich stattgefunden hatte? Paula war sich nicht so sicher.

Diese Ada war eine starke und gefühlvolle Frau. Sie suchte vermutlich keinen Mann zum Anlehnen. Auf die

Liebe wollte sie aber nicht verzichten. Sie nannte es Freundschaft. Aber gab's die überhaupt zwischen Mann und Frau? Für Jan war es jedenfalls mehr gewesen. Vielleicht hatte sich Ada zunächst etwas vorgemacht und später erkannt, dass halbe Sachen in der Liebe unbefriedigend blieben. Sie hatte sicher auch Lehrgeld dafür bezahlt.

Paula fiel ihre eigene Beziehung zu Friedrich wieder ein. Im Gegensatz zu ihrer Mutter studierte sie nicht, sondern machte nach dem Schulabschluss eine Ausbildung zur Bankkauffrau. Sie blieb zunächst zu Hause wohnen, wohl eher aus Bequemlichkeit als aus familiären Gründen. Friedrich lernte sie während ihrer Ausbildung in der Bank kennen. Er arbeitete schon längere Zeit in seinem Beruf und hatte eine eigene Wohnung. Paula erkannte, dass sie mithilfe von Friedrich ihrer bedrückenden Situation zu Hause entkommen konnte. Sie mochten sich und machten Zukunftspläne.

Paulas Mutter beobachtete diese Entwicklung mit einer gewissen Sorge. Sie fand Friedrich zwar sympathisch, stand einer Heirat jedoch eher skeptisch gegenüber. Als Paula ihr den Hochzeitstermin eröffnete, platzte sie heraus: „Du wirst diesen Langweiler doch nicht etwa heiraten wollen?" Paula war über diese Reaktion ihrer Mutter so erschüttert, dass sie auf eine Hochzeitsfeier verzichtete und nur standesamtlich heiratete. Zwischen ihr und ihrer Mutter herrschte lange Eiszeit. Ihr Vater war deswegen sehr betrübt gewesen, er wagte es jedoch nicht, seine Frau zu kritisieren.

Dieses Wort „Langweiler" verfolgte Paula in den nächsten Jahren. Sie hatte die Sicherheit gewählt und nicht die

Liebe, das wurde ihr allmählich klar. Als junges Mädchen hatte sie ihre Mutter einmal gefragt, wie man eine große Liebe erkennen könne. „Dein Geliebter muss dir die Sterne vom Himmel holen, und du musst seine Göttin sein, wenigstens eine Zeit lang", hatte sie damals geantwortet. „Dieses Gefühl muss einen ein Leben lang begleiten und trägt auch in schwierigen Zeiten."

Mit Friedrich hatte sie das nicht erlebt. Es war eine solide, vertrauensvolle Partnerschaft gewesen bis Friedrich eine andere Frau kennenlernte, sich Hals über Kopf in sie verliebte und aus Paulas Leben verschwand.

Dies alles ging Paula durch den Kopf, nachdem sie die Geschichte von Ada und Jan gelesen hatte. Paula war in ihrem Wesen ihrem Vater viel ähnlicher als ihrer Mutter. Ihr Vater ging ungern Risiken ein, war eher ängstlich und wollte in der Partnerschaft sicher nicht dominieren. Er war jedoch sehr fürsorglich, geduldig und kameradschaftlich eingestellt. Auch war er schnell zur Versöhnung bereit, wenn es mal Streit gab. Er konnte Unfrieden oder eine gespannte Atmosphäre nicht gut aushalten.

Paula erlebte sich jedoch immer defizitär bezüglich ihrer dynamischen, etwas draufgängerischen Mutter, als negative Abweichung quasi. Warum eigentlich? Sie war eben anders. Ihre Mutter hatte sich öfters mal eine blutige Nase geholt, während Paula vielleicht eine Gelegenheit verpasste aufgrund ihrer Passivität. Natürlich hätte sie auch ihre Ausbildung beenden, dann eine Wohnung nehmen und in aller Ruhe den passenden Partner suchen können. Eine Ehe als Flucht aus dem Elternhaus ging selten gut, das wusste sie inzwischen. Jeder machte eben seine Fehler und zog daraus seine Lehren, dachte sie. Sie hatte ihrer Mutter immer eine Mitschuld am Scheitern ihrer Ehe gegeben – „Du konntest Friedrich doch nie leiden!" – aber in Wirklichkeit war der Anteil ihrer Mutter nur sehr gering gewesen. Das Scheitern war hauptsächlich ihrer Bequemlichkeit geschuldet gewesen, sie trug letztendlich die Verantwortung für ihre Lebensentscheidungen.

Paula hatte plötzlich keine Lust mehr, eine weitere Geschichte zu lesen. Sie rief Anni an um ein wenig zu plaudern und um auf andere Gedanken zu kommen. Aber natürlich ließ sie die Problematik ihres Seins nicht los.

„Hast du schon angefangen mit den Lebenserinnerungen?", fragte Anni vorsichtig.

„Ja", meinte Paula, „und jetzt bin ich etwas verstimmt. Meine Mutter kritisiert mich keineswegs. Im Prinzip hat die erste Geschichte mit mir gar nichts zu tun, oder vielleicht doch. Ich bin etwas verunsichert."

„Sie regt dich wohl zum Nachdenken an", meinte Anni.

„Ja, so kann man das sehen", antwortete Paula. „Fazit ist, dass ich dazu neige, aus Bequemlichkeit Entscheidungen zu treffen, die vielleicht momentan einfach, auf lange Sicht jedoch unbefriedigend sind. Das zieht sich wie ein roter Faden durch mein Leben."

„Ach Paula, gräm dich doch nicht mit der Vergangenheit. Schau nach vorne und ändere etwas. Dafür ist es nie zu spät. Wenn man die Gründe kennt, lassen sich die Weichen auch mal anders stellen." Annis Stimme klang zuversichtlich, das tat Paula gut.

„So einfach ist es aber nicht, von den eingefahrenen Gleisen herunterzukommen", meinte Paula etwas kleinlaut.

„Du musst ja nicht dein Leben auf den Kopf stellen. Probiere doch einfach mal etwas aus, und schau was passiert. Wir bequatschen das mal bei einer Tasse Kaffee. Lies einfach weiter. Ergreif' jetzt nicht die Flucht, du bist auf einem guten Weg."

Annis Optimismus steckte Paula an.

Die zweite Geschichte hieß: Meine Freundin Ursula

Meine Freundin Ursula

Michaela saß im Wohnzimmer und blickte durchs Fenster in den Garten. Seit gestern regnete es ununterbrochen. Dieses Geräusch hatte etwas Einschläferndes, etwas, das einem die Initiative für Unternehmungen nahm, aber dafür Gedanken kommen ließ, die sich sonst eher zurückhielten. Vor ihr lag ein Brief, den sie schon mehrfach durchgelesen hatte und der sie in eine eigenartige, fast hilflose Stimmung versetzt hatte. War das eine Nachricht, die einen Appell darstellte, dass sie etwas tun sollte oder war es nur eine Information?

Michaela war jedenfalls etwas irritiert. Seit sie nicht mehr arbeitete, konnte sie sich den Luxus leisten, sich ihre Zeit selbst einzuteilen, und so saß sie da und dachte nach. Sie war schon immer etwas verträumt und nachdenklich gewesen, hatte sich Stimmungen hingegeben und gelegentlich auch Gedichte verfasst. Es ging ihr dabei keineswegs darum, bekannt oder öffentlich wahrgenommen zu werden. Vielmehr drückte sie damit ihre jeweilige Gemütsverfassung aus. Eigenartigerweise fielen ihr die Lebenssituationen, die diese Gedichte verursacht hatten, in ihrer ganzen Wucht wieder ein, sobald sie eines davon las. Die Gefühle von damals waren sofort präsent, und manchmal war sie zu Tränen gerührt. Ihre Gefühlswelt sah sie als Privatsache. Sie war ihr ungeheuer wichtig, niemand sollte darüber ein Urteil fällen können.

Als die Anforderungen des Erwachsenenlebens mit

Beruf, Familie, Kindererziehung und all den Dingen des Alltags, die sie voll und ganz in Anspruch nahmen, auf sie zukamen, traten ihre kontemplativen Bedürfnisse in den Hintergrund. Es war wie ein Hintergrundrauschen, das sie zwar vernahm, das jetzt jedoch keine Bedeutung mehr für sie hatte. Sie stürzte sich begierig auf das Leben und wollte alles verwirklichen – und zwar erfolgreich verwirklichen – was sie sich vorstellte. Geld, Ansehen, Lebensstandard waren ihre Leuchttürme, da wollte sie hin. Sie setzte ihre ganze Energie dafür ein, für Träume gab es keinen Platz mehr in ihrem Leben. Sie gehörten der Vergangenheit an.

Aber in diesem Moment, nachdem sie ihre Verantwortlichkeiten wieder zurückgeben konnte, jetzt wo sie nicht mehr aktiv gebraucht wurde, erinnerte sie sich an damals. Sie genoss es deshalb, ihre Zeit wieder mit Eigenem füllen zu können.

Aber dieser Brief brachte sie aus dem Konzept. Er erinnerte sie an eine Zeit, mit der sie schon lange abgeschlossen hatte. Diese Zeit hatte auch mit Ursula zu tun, von der sie lange geglaubt hatte, dass sie ihre Freundin gewesen wäre. Sie waren sich viele Jahre sehr vertraut gewesen, waren sogenannte „beste Freundinnen", dann entfernten sie sich voneinander. Dies war eher auf Initiative von Ursula geschehen und hatte Michaela lange beschäftigt. Vor Jahren war Ursula dann wegzogen, wie es hieß, zu ihrer Nichte in eine andere, sehr weit entfernte Stadt. Sie hatte alle Brücken hinter sich abgebrochen. Es gab aber nur Vermutungen, warum sie so handelte. Waren es finanzielle Gründe? Waren die Patientenzahlen rückläufig? War sie enttäuscht worden?

Der Brief kam von Ursulas Nichte. Ihrer Tante ging es nicht gut, stand darin. Vielleicht könnte sie – Michaela – Kontakt zu ihr aufnehmen? Mehr Information enthielt der Brief nicht. Keine Krankheit, kein Unglück – nichts davon war als mögliche Ursache zu lesen. Nein, Michaela hatte keine Lust zu irgendeiner Reaktion. Am liebsten würde sie den Brief weglegen, nicht beachten, vergessen.

Wollte Ursula sie überhaupt sehen? Hatte sie nach ihr gefragt? Warum wandte sich die Nichte – Irene hieß sie – nicht an jemand anderen? Ursula war immer stolz gewesen auf ihre Bekanntschaften, auf die Einladungen dankbarer Patienten. Sie hatte auch noch einen Bruder, den Vater von Irene, mit dem sie sich immer gut verstanden hatte.

Aber natürlich begann Michaela sich intensiv mit dieser längst vergangenen Zeit mit Ursula zu beschäftigen. Die Erinnerungen kamen einfach, sie ließen sich nicht verscheuchen. Sie hatten sich damals zufällig bei einer gemeinsamen Bekannten kennengelernt. Sie waren beide in den Dreißigern, Ursula ein paar Jahre älter als Michaela. Was führte sie zusammen, was waren ihre damaligen Gemeinsamkeiten? Michaela musste sich anstrengen, um sich genauer erinnern zu können, es war alles schon so lange her. Sie hatte sich verändert seither, war eine Andere geworden. Irgendwann hatten sie sich voneinander zurückgezogen. Ursula hatte mit der Zeit Eigenschaften entwickelt, die Michaela nachhaltig befremdeten. Ursula spürte das natürlich, und so begannen sich ihre Wege nach vielen Jahren des intensiven Austausches zu trennen. Michaela schmerzte diese Entwicklung sehr und sie hielt auch dann noch die Verbindung über das Telefon aufrecht, als sie merkte, dass sie nicht mehr gerne gesehen wurde. Die Gespräche waren dann zwar lang und intensiv, aber es war immer Michaela, die anrief. Sie fühlte sich abgelehnt. Irgendwann beschränkten sich die Kontakte auf wechselseitige Geburtstagsgratulationen und fröhliche, weihnachtliche Wünsche, das kommende Jahr gleich miteinbezogen. Einen vollständigen Bruch gab es zwar nicht, aber eine Beschränkung auf das absolut Notwendigste, was den kümmerlichen Rest der Freundschaft aufrechterhielt, an dem wohl jedem gelegen war.

Für Michaela war das jedoch das Ende der Freundschaft, so wie sie sich diese vorstellte. Sie machte sich damals viele Gedanken darüber. Sie war im Prinzip eine treue Seele und wollte auch deshalb gerne an der Freundschaft festhalten. Ihr Partner – Ingo – war da wesentlich eindeutiger in seinem Urteil. Seiner Meinung nach wollte Ursula eine Art Guru sein und strebte nach Anhängerschaft. Wer dabei nicht mitspielte, wurde aussortiert, so auch Michaela. Im Nachhinein sah es Michaela ähnlich, aber sie wollte diesen Gedanken nicht vertiefen, denn sie kannte Ursula eben auch anders.

Als sie sich kennenlernten war Ursula frisch geschieden. Ihr Mann hatte sie jahrelang betrogen, was jeder in ihrem Bekanntenkreis wusste– außer ihr. Sie erfuhr es, wie üblich in solchen Fällen, als Letzte. Natürlich war das eine bittere Erfahrung, zumal jetzt auch wirtschaftliche Sorgen drückten. Auf Michaela machte Ursula jedoch einen selbstbewussten und starken Eindruck. Sie legte großen Wert auf ihr Äußeres, war schlank und attraktiv. Sie kleidete sich sehr geschmackvoll, und wenn sie ihre Meinung äußerte, dann war das dezidiert und wohl überlegt. Insofern stand sie schnell im Mittelpunkt und wurde beachtet. Ihre seelische

Erschütterung konnte sie gut verbergen, niemand sollte glauben, dass sie schwach oder hilflos sei.

Von solchen Menschen war Michaela seit jeher fasziniert. Sie dagegen hasste es, im Mittelpunkt zustehen. Es verunsicherte sie, weil sie glaubte, den Erwartungen nicht zu genügen. Sie hielt sich mehr im Hintergrund und beobachtete die Szenerie. Es war ihr kein Bedürfnis, sich in irgendeiner Weise darzustellen. Im Gegenteil, sie machte sich eher kleiner und wurde dadurch oft unterschätzt. Michaela legte Wert darauf, jemanden über intensive Kommunikation kennen zu lernen und sich erst dann ein Urteil zu bilden.

Sie versuchte mit Ursula ins Gespräch zu kommen und fand, dass sie eine sehr interessante Persönlichkeit war. Bald stellten sie beide fest, dass sie viele gemeinsame Interessen und Ansichten hatten.

Michaela hatte ebenfalls eine schwierige Lebenssituation zu verkraften. Ihr Ehemann war schwer erkrankt, an Heilung war nicht zu denken und keiner wusste, wie es weitergehen sollte. Sie sahen sich ein wenig als Schicksalsgemeinschaft, begannen sich intensiv auszutauschen und unterstützten sich gegenseitig mit guten Ratschlägen. Michaela lebte allerdings – anders als Ursula – in einer finanziell gesicherten Situation.

Sie hatte eine gute Ausbildung und auch eine krisensichere, gut bezahlte Arbeit gefunden. Ursula stand zunächst ohne eigenes Einkommen da. Sie hatte früh geheiratet und die Rolle der „Frau an seiner Seite" sehr gerne wahrgenommen. Für eine Ausbildung fehlte ihr damals die Lust. Das Ehepaar hatte einen großen Bekanntenkreis und lebte einen gehobenen Lebensstil mit wechselseitigen Einladungen. Umso schmerzhafter war für Ursula der Absturz in einfachere Verhältnisse. Nach zermürbenden Auseinandersetzungen bekam sie eine stattliche Summe von ihrem Ex, der damit alle Verpflichtungen abgegolten hatte.

Ursulas größter Wunsch war, sich eine eigene Existenz aufzubauen. Sie hatte großes Interesse an Fragen der Gesundheit und Ernährung und begann sehr bald eine mehrjährige Ausbildung zur Heilpraktikerin. Nebenbei arbeitete sie noch bei einer Bekannten, die ein Einrichtungshaus hatte, um finanziell über die Runden zu kommen.

Michaela bewunderte Ursula wegen ihrer Zielstrebigkeit, Disziplin und Ausdauer. Sie sahen beide das Leben im Wesentlichen als schicksalhaft an und begannen, sich für alles zu interessieren, was einem half das Gewirr des Schicksalhaften zu durchdringen. Es waren die 90iger und die Esoterikindustrie blühte auf.

Ursula gab den Takt vor, und Michaela folgte mit großer Aufmerksamkeit diesen neuen Erkenntnissen: Krankheit als Weg, Astrologie, Tarot, Kontakt mit dem Jenseits, Einfluss von Farben, Gerüchen und Tönen, Aura, Chakra, Karma, Wiedergeburt, Zen-Buddhismus, Kontemplation, Quigong, Tai chi, Reiki, Pendeln, Ayurveda, Kraniosakraltherapie, … Ursula zauberte immer neue Ideen aus dem Hut. Sie besuchte entsprechende Kurse und Seminare und war dadurch in ihrem Wissensstand den anderen interessierten Bekannten immer eine Nasenlänge voraus. Sie galt als Expertin, wenn nicht gar als Koryphäe auf diesem Gebiet. Ursula und Michaela saßen oft bis tief in die Nacht zusammen und redeten über diese Dinge und über die neuesten Erscheinungen auf dem Jahrmarkt des Außergewöhnlichen.

Ursula beendete nach einigen Jahren ihre Ausbildung und begann sehr erfolgreich eine Praxis aufzubauen. Sie war in ihrem Auftreten sehr überzeugend, nahm sich viel Zeit für ihre Patienten und galt schnell als „Geheimtipp".

Auch Michaelas Leben ging seinen Gang. Ihrem Mann konnte keiner helfen; er starb nach wenigen Jahren und sie musste ihren Sohn alleine großziehen.

Ursula und Michaela verstanden sich immer besser. Sie machten gemeinsame Reisen, besuchten Veranstaltungen und vertrauten sich ihre innersten Gedanken an. Sie waren sich in ihren Überzeugungen und Vorstellungen sehr ähnlich.

Allerdings funktionierte die Freundschaft nur unter der Bedingung, dass Ursula die Vorgaben lieferte und Michaela sich anpasste. Für Michaela stellte das kein Problem dar, da alle ihre bisherigen Freundschaften sich nach diesem Muster gestaltet hatten. Sie hatte sich nie die Frage gestellt, warum das so war, sie akzeptierte dies wie eine Gesetzmäßigkeit. Michaelas Anpassungsbereitschaft war jedoch nur punktuell, nämlich dort, wo sie es für opportun hielt. Für diejenigen Bereiche, in denen Michaela selbst bestimmen wollte, galt das nicht. Diese sparte sie aus der Themenvielfalt ganz bewusst aus.

Manchmal kam sich Michaela dabei wie ein Schmarotzer vor, weil sie in dem Karren mitfuhr, den Ursula zog. Es war jedoch so, dass es für Ursula wichtig war, die Führungsrolle innezuhaben. Konkurrenz verunsicherte sie. Sie gehörte zu den Menschen, die glaubten, dass es überall ein

Richtig und ein Falsch gab. Wer im Besitz des Richtigen war, wurde ihrer Meinung nach beachtet, ernst genommen und respektiert. Ihr Ziel war es deshalb, im Besitz der Wahrheit, des Richtigen zu sein. Dies führte zwangsläufig zu einer dogmatischen Lebenseinstellung, bei der eine differenzierte Vorgehensweise nicht möglich war.

Michaela kam das bekannt vor, weil ihre Mutter ähnlich gestrickt war. Sie behielt ihre Einstellungen unverrückbar bei, egal welche Argumentationen das Gegenüber aufbaute. Nach vielen zermürbenden Diskussionen während ihrer Pubertät, die alle ergebnislos verliefen, hatte es Michaela aufgegeben, sich mit solchen Menschen auseinanderzusetzen. Entweder man war der gleichen Ansicht, oder man ließ es bleiben. So entstand der Eindruck einer Scheinharmonie, der wiederum den Dogmatismus und die Rechthaberei bestärkten.

Michaela überließ letztendlich Ursula nur dort die Führung, wo sie es für richtig hielt. Bei abweichenden Ansichten hielt sie sich zurück. Man musste vorsichtig sein. Die Freundschaft funktionierte unter dieser Bedingung, dass Michaela Ursulas Führungsrolle nicht infrage stellte, viele Jahre ganz gut.

Jetzt, da sich Michaela das alles noch einmal durch den Kopf gehen ließ, nach all den vielen Jahren, fiel es ihr wie Schuppen von den Augen, dass sie sich im Laufe der Zeit von Ursula emanzipiert hatte und diese das nicht ertragen konnte. Für sie war es vermutlich Verrat an der gemeinsamen Sache gewesen. Michaela konnte das damals nicht so scharf erkennen wie heute. Sie selbst zog ihr Selbstvertrauen aus dem permanenten Abgleich von sich zur Welt.

Dieser Weg der Selbstentfaltung war ihr ganz persönlicher Werdegang gewesen. Die Erfahrungen, die sie dabei machte, waren ihr Schatz, auf den sie immer zurückgreifen konnte. Sie diskutierte sehr gerne, um ihre Ansichten einem Vergleich, einem Revirement zu unterziehen, ließ dem Gegenüber jedoch seine Meinung, warum auch nicht. Es gab eben kein absolutes Richtig oder Falsch, sondern nur unterschiedliche Betrachtungsweisen.

Vielleicht hatte sie auch deshalb relativ lange gebraucht, bis sie sich reif für eine Partnerschaft hielt. Sie hatte erst mit dreißig Jahren geheiratet, was zu ihrer Zeit ziemlich spät war.

Partnerschaft war letztendlich auch der Punkt, der ein Problem darstellte. Anfangs nur ein kleines, später jedoch war es entscheidend für die sich anbahnenden Veränderungen. Nach einer Zeit der Trauer war Michaela wieder bereit für eine neue Beziehung. Sie fühlte sich zu jung, um auf Dauer alleine zu leben, und hatte grundsätzlich eine positive Einstellung zur Partnerschaft. Ein Kollege, der ihr schon immer sympathisch war, hatte angefangen sie zu verehren. Ingo – so hieß er – hatte schon eine Ehe hinter sich und verliebte sich während eines gemeinsamen Lehrganges in Michaela. Für Michaela begann eine aufregende Zeit, denn der Neuanfang mit einem Mann, den sie bisher nur oberflächlich gekannt hatte, stürzte sie mehr als ihr lieb war in emotionale Turbulenzen. Plötzlich hatte sie Schuldgefühle gegenüber ihrem verstorbenen Mann, und sie machte sich Sorgen wegen ihres Sohnes. Was würden die Familie, die Freunde, die Nachbarn sagen?

Sie besprach dies alles mit Ursula, wie sie es gewohnt

war. Sofort spürte sie aber, dass Ursula ungewöhnlich reserviert reagierte und Ingo sehr kritisch betrachtete. „Du musst selbst wissen, was du tust und was du deinem Sohn antust", sagte sie einmal. Michaela verunsicherte diese Haltung zunächst. Natürlich war Ursula etwas eifersüchtig und witterte Konkurrenz, das war Michaela vollkommen klar. Ihr selbst gelang – außer einigen unbefriedigenden Affären – keine Partnerschaft mehr.

Natürlich machte sich Michaela dazu ihre Gedanken. Ursulas Verhältnis zu Männern war ambivalent. Einerseits waren Männer in ihren Augen so extrem fehlerbehaftet, dass eine glückliche Beziehung auf Augenhöhe für sie gar nicht möglich erschien. Erstaunlicherweise kannte sie jedoch einige schwule Männer, mit denen sie gut befreundet war. Andererseits wäre ein Mann an ihrer Seite, der sie hofierte, bewunderte, wertschätzte, gar teilfinanzierte, ein enormes Statussymbol gewesen. Es fand sich nur leider kein passendes Exemplar.

Michaela war aber zunächst der Ansicht, dass ihre Freundschaft mit Ursula durch Ingo nicht beeinträchtigt werden würde. Für sie war es kein Problem, Freundschaft und Beziehung unter einen Hut zu bringen. Für Ursula hingegen war das völlig ausgeschlossen. Michaela täuschte sich in diesem Punkt gewaltig und unterschätzte völlig Ursulas Gefühle der Eifersucht und des sich zurückgesetzt Fühlens. Einmal sah sie Michaela direkt an und sagte: „Ich möchte nicht, dass unsere Freundschaft zu Ende geht." Michaela reagierte hilflos und verwirrt. Das war eine offene Drohung. Damit hatte sie nicht gerechnet. Sie sagte nichts darauf und beschloss, diesen Satz zu ignorieren. Sie dachte, alles würde weitergehen wie bisher.

Aber das war natürlich nicht so. Ursula suchte sich neue Freunde und Bekannte, mit denen sie etwas unternahm. Auch die langen Gesprächsabende gab es nicht mehr; sie wurden durch Telefongespräche ersetzt. Die Themenwahl war eher sachbezogen, Ingo wurde ausgeklammert.

Es gab jedoch ein Ritual, das sie beide aufrechterhielten. Sie sahen sich an den Geburtstagen und zu Weihnachten, überreichten sich kleine Geschenke und unterhielten sich prächtig, als ob sich nichts verändert hätte.

Ursula war es gelungen, ihre Praxis so gut zu etablieren, dass sie sich einen gehobenen Lebensstil leisten konnte. Ihre Wohnung war geräumig und stilistisch eine Einheit, wenn auch die Gemütlichkeit zu wünschen übrigließ. Man konnte nicht einfach vorbeikommen, sondern *sie empfing*. Stil und Formalismen waren ihr sehr wichtig.

Michaela hatte für diese etwas gespreizte Art wenig übrig, aber sie tolerierte sie als Ursulas Eigenheit. Es war sogar so, dass sie Ursula für diesen Aufwand, den sie betrieb, bewunderte. Dieses Getue mit Geschirr, Gläsern, Kerzenleuchtern und Deckchen wäre ihr viel zu viel Arbeit gewesen. Der Kuchen war vom Konditor so und so, eine ganz besondere Spezialität, der Kaffee, die Sahne, alles hatte irgendeine Bedeutung. Ursula hielt Hof.

Und dann begann Ursula, sich fortzubilden. Sie war nicht mehr nur eine Heilpraktikerin, sondern auch und insbesondere Homöopathin. Im Nachhinein fand Michaela, dass Ursula ab diesem Zeitpunkt begann, abzuheben und Guru-Status einzufordern, wie es Ingo sehr richtig konstatierte. Sie agierte bei ihren Patienten auf Augenhöhe mit den Ärzten, die sie natürlich entsprechend kritisierte.

Michaela hörte sich das alles mit wachsendem Erstaunen an. Sie fand es faszinierend, was man mit Globuli alles bewirken konnte. Ursula berichtete sehr überzeugend von ihren Heilerfolgen bei sich selbst und bei ihren Patienten.

Michaela selbst hatte eine robuste Natur und war im Prinzip gesund. Sie nahm diese Art der Heilung von daher nur selten in Anspruch. Leider zeigte sich bei ihr keine positive Wirkung. Einmal hatte sie einen hartnäckigen Hautpilz. Durch die Behandlung kam es zu einer gravierenden, sogenannten Erstverschlechterung, dann pendelte er sich wieder auf das normale Niveau ein und blieb wie er war. Auch die Herpes labialis-Infektionen, die Michaela mehrfach im Jahr heimsuchten, blieben von den Globuli unbeeindruckt. Michaela wollte ihre Freundin nicht brüskieren und sagte deshalb nichts, blieb der Praxis künftig jedoch fern. Auf Fragen seitens Ingos sagte sie, dass diese Art der Behandlung vermutlich die Selbstheilungskräfte fördere, was Ingo mit Schweigen und hochgezogenen Augenbrauen quittierte. Das dazugehörende spöttische Lächeln verkniff er sich.

Ursula hatte eine sehr suggestive Art mit ihren Patienten umzugehen. Vielleicht war das ein Teil ihres Erfolgs?

Gespräche mit Ursula über das Thema Heilerfolge wurden in ihren seltenen Gesprächen vermieden. Es ging um Unterstützen, Begleiten, Nebenwirkungen abmildern, Lebensfreude verbessern. Vielleicht hatte das auch alles seine Berechtigung. Michaela sah das ganz pragmatisch. Wer konnte sich hierzu denn schon ein echtes Urteil erlauben? Aber wie sah es Ursula selbst? Nach außen war sie bis zuletzt vollkommen überzeugt, aber das musste sie auch sein, schließlich hing ihre Existenz davon ab. Der Kreis ihrer Anhänger war am Ende ziemlich geschrumpft, so viel wusste Michaela. Über die Patientenzahlen gab sie naturgemäß keine Auskunft.

Als das Angebot ihrer Nichte kam, doch zu ihr in das große Haus zu ziehen, das sie sich zusammen mit ihrem Partner gekauft hatte, nahm es Ursula ziemlich schnell an. Das verblüffte alle und man fragte sich, warum sie sich zu einer solchen Radikallösung entschloss.

Michaela lud Ursula zum Essen ein, um noch einmal ein persönliches Gespräch führen zu können. Sie kannten sich nun seit fast dreißig Jahren und – so dachte Michaela – man konnte deshalb doch eine gewisse Offenheit voraussetzen, zumindest bei einem so einschneidenden Ereignis. Wie sah sie ihre Zukunft, konnte man auf irgendeine Weise behilflich sein, benötigte sie einen Gedankenaustausch? Aber es war wie immer.

Ursula berichtete von ihren Heilerfolgen, von ihren Unternehmungen, entwarf wieder einmal das Bild einer selbstbewussten und erfolgreichen Heilerin. Was sollte man da noch sagen? Michaela hatte resigniert. Sie hatte die Hoffnung auf eine Fortsetzung der Freundschaft, wenn sie auch noch so zart und klein gewesen war, endgültig begraben. Etwas Wehmut blieb zurück. Sie hatten sich einfach nichts mehr zu sagen.

Und jetzt dieser Brief. Er verwirrte Michaela deshalb so sehr, weil er so völlig untypisch war für Ursula. Sie befand sich offensichtlich in einem desolaten Zustand; aber worin bestand dieser? Vor einem halben Jahr hatten sie noch

Weihnachtskarten ausgetauscht. Seltsam. Michaela versuchte, sich ihre letzten Gespräche ins Gedächtnis zu rufen. Vielleicht machte es irgendwo klick? Vielleicht hatte sie Ursula doch verunsichert, als sie wieder mal – was selten genug vorkam – über Gott und die Welt plauderten?

Michaela hatte sich weit entfernt von all den Dingen, die unter dem Oberbegriff Esoterik firmierten. Seit einigen Jahren beschäftigte sie sich mit Sinnfragen und philosophischen Gedanken. Sie bildete sich in ihrer Freizeit über Vorträge und Lehrveranstaltungen fort und wollte das ein wenig mit Ursula diskutieren. Ihre Schicksalsgläubigkeit von ehedem hatte sie völlig aufgegeben. Sie war jetzt der Ansicht, dass das Leben der Menschen eine Folge von dem war, was sie sich in ihren Gedanken vorstellten. So wie man dachte, so handelte und reagierte man letztlich. Das Gedachte folgte jedoch sehr oft Gefühlen und Stimmungen. Durch die Steuerung der Emotionen konnte man letztendlich sein Denken und Handeln verändern. Man wurde unabhängiger dadurch, wurde weniger von seinen Befindlichkeiten und Trieben geleitet, war quasi nicht mehr eine Marionette des Unbewussten, sondern ließ eher seinen Verstand zu Worte kommen. Michaela hatte das bei sich selbst ausprobiert, sie kannte sich ja selbst am besten. Es war tatsächlich nicht einfach. Wenn man sich jedoch ehrlich bemühte, stellte sich aber doch ein kleiner Erfolg ein. Ihr fiel dabei eine Episode ein, anhand der sie ihre Sichtweise mit Ursula diskutieren wollte.

Michaela war immer schon sehr ehrgeizig gewesen und konnte es schlecht ertragen, wenn andere besser waren als sie. Sie spielte gerne Geige und bildete sich eines Tages in einem Intensivkurs fort. Dort musste sie leider feststellen, dass mehrere Teilnehmer deutlich besser spielten als sie. Es frustrierte sie zutiefst, verunsicherte sie und gab ihr ein Gefühl der Unterlegenheit. Das waren alles Gefühle, die ihr ansonsten ausgeglichenes Gemüt aufs Äußerste strapazierten. Zunächst wollte sie sofort wieder abreisen, aber das fand sie zu infantil und unter ihrer Würde. Sie erlebte, wie sie durch ihre Verunsicherung deutlich schlechter spielte als zu Hause. Sie erlebte leider auch die teilnahmsvollen Worte ihrer besseren Mitstreiter, was sie besonders hasste. Die kleine Gruppe von einigen wenigen Teilnehmern brachte es mit sich, dass ihr in sich gekehrtes und muffiges Wesen besonders auffiel. Sie spürte, dass sie aus diesem Tal unbedingt wieder herauskommen musste. Sie sah sich schon in Tränen aufgelöst, und das wäre dann der absolute Gau gewesen.

Statt zu üben, machte sie an einem Nachmittag einen langen Spaziergang, setzte sich auf eine Bank und dachte nach. Sie spielte nur mittelmäßig, das war eine Tatsache. Es würde immer Musiker geben, die besser spielten als sie. Diese Tatsache negieren zu wollen, würde von großer Borniertheit zeugen. Sie spielte allerdings gerne, und es gab — einfache — Stücke, die sie auch gut konnte. Sie wollte im Kurs mit Stücken glänzen, die sie nicht perfekt beherrschte und hatte wenig Praxis im Vortrag vor Publikum. Das konnte nicht gut gehen. Es ging ihr, wie den anderen Teilnehmern übrigens auch, darum, besser zu werden. Deren spielerisches Niveau war zwar höher, aber sie befanden sich, genau wie sie selbst, in einer Situation, in der sie Fehler machten.

Plötzlich musste sie lachen, und ihr Ärger löste sich in Nichts auf. Niemand sah auf sie herunter. Sie musste niemanden etwas beweisen, es war schließlich ihr Hobby, Geige zu spielen. Sie saßen alle im gleichen Boot und hatten ähnliche Ziele. Ihre Person wurde auch nicht nach der Qualität ihres Geigenspiels beurteilt. Da gab es sicher andere Kriterien. Sie wusste aus Erfahrung, dass sie die Schlacht gegen ihre negativen Gefühle noch nicht gewonnen hatte. Aber immer, wenn sie sich erneut einstellen wollten, rief sie diese Überlegungen auf. Nach einer Weile der Übung waren sie weg, diese Gefühle.

Ihren Ehrgeiz richtet sie jetzt auf sich selbst. Sie hatte viel Geld bezahlt, um sich bei einer guten Musiklehrerin fortzubilden, und das wollte sie jetzt auch tun, ganz egal, wie die anderen spielten.

Das alles fiel Michaela jetzt wieder ein. Die eigenen Emotionen zu steuern, sie der Vernunft unterzuordnen, die Gedanken daraufhin auszurichten und das Handeln entsprechend zu begründen, war eine mühsame Angelegenheit. Aber es lohnte sich. Man konnte freier agieren, und daraus resultierte ein besseres Lebensgefühl. Michaela konnte also aus eigener Erfahrung sprechen, und sie wollte das unbedingt mit Ursula diskutieren.

Aber für Ursula war das alles viel zu verkopft, wenngleich sie zugeben musste, dass Michaelas Überlegungen durchaus nachvollziehbar waren. Sie spürte aber, dass man auf diese Weise sehr schnell an seine eigentliche Handlungsmotivation kam, aber das wollte sie unbedingt vermeiden. Sie wollte um jeden Preis das Selbstbild einer erfolgreichen Heilerin aufrechterhalten. Sie hatte sich intensiv mit Traumdeutung befasst und war der festen Überzeugung, dass sie durch ihre Träume Dinge über sich erfuhr, die ihr über den Verstand nicht zugänglich gewesen wären. Als Michaela meinte, dass das Hirn eben funke, solange es lebe und dass es erst spannend würde, wenn es damit aufhöre, und leider würde niemand wissen, was danach käme, wurde Ursula schmallippig und schwieg.

Für Michaela war jede Vorstellung von Gott oder etwas Höherem menschengemacht. Sie fand zwar, dass in der Bibel kluge Sachen standen, die aber ihrer Meinung nach nicht von Gott stammten, sondern dass sie von klugen Menschen zusammengetragen worden waren. Ihr fehlte jeder Zugang zu Glaubensdingen. Für sie war die Menschheit nur ein Teil des großen Ganzen. Ein Teil, der sich allerdings ungeheuer wichtig nahm. Die Frage, warum das alles so war, das große Ganze, blieb für Michaela unbeantwortbar. Sich irgendeinen Glauben zu konstruieren an dem man sich festhalten konnte, war unter ihrer Würde. Sie akzeptierte allerdings, dass viele Menschen das anders sahen.

Ursula warf ihr vor, selbstherrlich zu sein. Wo blieb die innere Stimme, das Bauchgefühl? „Aber ich bin doch nicht gewissenlos", widersprach Michaela. „Kopf, Herz und Bauch gehören zusammen. Ich möchte allerdings nicht, dass mein Bauch über meinen Kopf herrscht." Sie konnte mit diesen mystischen Dingen, wie sie Ursula immer noch beschwor, nur mehr wenig anfangen. Vielleicht gab's da ja etwas. Aber das meiste davon gehörte ihrer Meinung nach ins Reich der Spekulationen. Sicher war manchmal ein Treffer dabei, aber das war in der Lostrommel genauso. Man konnte sich letztlich auf nichts verlassen.

Ihr fiel wieder ein, dass Ursula einmal bei einer Wahrsagerin war, wegen ihres Wunsches nach einer Partnerschaft.

Tatsächlich glaubte die Wahrsagerin vage Umrisse eines männlichen Wesens zu erkennen. Immerhin kostete das Ganze 100 €, und sie wollte zufriedene Kunden. Es gab aber keinen Partner mehr für Ursula, und das war jetzt eine Tatsache. Natürlich war Michaela klar, dass zahlreiche Fragen unbeantwortet blieben, wenn man gänzlich auf Spekulationen verzichtete. Viele Menschen wollten sich jedoch nicht abfinden mit der Tatsache, dass es nicht auf alle Fragen Antworten gab. Die einen wählten den Weg über Gott, der schon wissen würde, warum und weshalb die Dinge so waren wie sie sich darstellten. Dies erschien Michaela noch als die beste Lösung. Andere hingegen konstruierten sich etwas Tröstliches oder hingen Verschwörungstheorien an, wenn ihnen die Wahrheit zu profan erschien. Die Wege der Selbsttäuschung sind zahlreich, dachte sich Michaela manchmal, und es machte wenig Sinn, darüber mit irgendwem zu diskutieren.

So erging es ihr jetzt auch mit Ursula. Die Zeiten, als sie nächtelang Tarotkarten legten und über deren Interpretation brüteten, lagen schon sehr lange zurück. Michaela steuerte damals noch gerne ihr astrologisches Wissen bei. Es war eine sonderbare Zeit, die aber ein gewisses Gefühl der Geborgenheit im Mystischen entstehen ließ. Das musste sich Michaela eingestehen, auch wenn sie jetzt keinen Zugang mehr dazu hatte.

Dieses letzte intensive Gespräch mit Ursula plätscherte so dahin. Sie merkten beide, dass sie zu weit auseinanderlagen, um noch zu irgendeiner Art von Konsens gelangen zu können, wollten aber deshalb nicht in Streit geraten. Michaela bemühte sich daher um einen Themenwechsel und erzählte von einem tragischen Fall in ihrem Bekanntenkreis.

Ein junger Mann hatte mit 18 Jahren einen Schlaganfall erlitten und war gestorben. Ursula antwortete im Brustton der Überzeugung: Der wollte sterben. Das ging Michaela entschieden zu weit. Sie sagte nichts darauf und entschied, das Gespräch auslaufen zu lassen. Um Ursula einen kleinen Hieb zu versetzen, sagte sie, dass sie jetzt gehen müsse, um für Ingo Abendessen zu kochen. Dieser Hinweis verfehlte nicht seine Wirkung, und so brachen sie recht zügig auf.

Soweit sich Michaela erinnerte, war das ihr letztes intensiveres Gespräch gewesen, bevor sie Ursula zum Abschiedsessen einlud, bei dem sie dann beschloss, die Freundschaft endgültig zu begraben.

Dieser Brief hatte die ganzen Erinnerungen wieder nach oben gespült, die guten und die weniger guten. Nachdem die weniger guten am Ende kamen, überwogen sie, und Michaela fühlte sich ausgesprochen unwohl. Ihr ging es auch deswegen nicht gut, weil sie sich damals trotz allem wie eine Verräterin vorkam. Ursula hielt weiter an ihren Überzeugungen fest, und Michaela machte ihr mehr oder weniger deutlich, dass sie nichts mehr davon hielt. Dabei war es keineswegs so, dass Michaela nicht auch der Meinung war, dass Einstellung, Motivation und Überzeugung eines Menschen sehr wohl dessen Gesundheit beeinflussen konnten. Aber zu behaupten, dass ein junger Mensch, bei dem ein Aneurysma im Kopf geplatzt war, sterben wollte, ging ihr einfach zu weit.

Michaela blickte auf die Uhr. Sie hatte während ihren Überlegungen völlig die Zeit vergessen. Es war bereits später Nachmittag, und der Regen hatte inzwischen aufgehört. Ingo würde in ungefähr einer Stunde nach Hause kommen und sie hatte versprochen, ein Essen vorzubereiten. Sie ging in die Küche, um sich ans Werk zu machen. Beim Kochen konnte man wunderbar weitersinnieren, und manchmal entstanden dabei ganz neue Ideen, oder es kamen überraschende Einfälle hinzu. Sie würde Ingo auf jeden Fall das Problem unterbreiten, obwohl sie eine innere Stimme davor warnte.

Im Prinzip hatte es Ingo Ursula nie verziehen, dass sie Michaela damals vor die Wahl stellte: Ich oder Ingo. Sie konnte also nicht allzu viel Mitgefühl von ihm erwarten.

Aber Michaela schätzte Ingos Meinung, weil sie oft aus einer Überlegung heraus entstand, die Michaela eher selten anstellte. Ingo ging es ähnlich, wenn Michaela argumentierte, das wusste sie. Meistens verhakten sie sich sehr schnell in den unterschiedlichen Sichtweisen, und keiner wollte so schnell zugeben, dass der eine oder andere Gedanke seines Gegenübers gar nicht so schlecht war. Was heute als neckisches Geplänkel daherkam, waren früher teilweise böse Auseinandersetzungen gewesen, bei denen auch vor persönlichen Verletzungen nicht haltgemacht wurde.

Im Laufe der Jahre hatten sie sich jedoch arrangiert, quasi einen modus vivendi der Auseinandersetzung gefunden. Der Wettbewerbscharakter ihrer Gespräche blieb zwar erhalten, aber sie gingen jetzt viel vorsichtiger miteinander um. Es ging jetzt weniger darum, wer die besseren Argumente hatte, stattdessen war es ihnen wichtiger, einen Sachverhalt von verschiedenen Seiten zu beleuchten. Es gab keinen Sieger mehr – den es sowieso nie gegeben hatte – sondern ein Ergebnis. Wer die besseren Argumente hatte, war zwar nicht ganz egal, aber es spielte keine große Rolle mehr. In der Folge wurde das gegenseitige Vertrauen wieder gestärkt, und niemand stand mehr unter dem Generalverdacht, das Gespräch nur deshalb eskalieren zu lassen, um den anderen niederzuringen. Dies galt insbesondere für Michaela, die äußerst debattierfreudig war.

Michaela hörte Ingo die Auffahrt herauffahren. Gleich würde er mit seiner braunen Aktentasche zur Tür hereinkommen und sich erstmal über den mörderischen Verkehr beschweren, insbesondere über die Idioten, die alle nicht fahren konnten. Dann würde er sich zu ihr in die Küche setzen und ein Bier – in letzter Zeit ein alkoholfreies – öffnen. Genauso war es dann auch.

„Hast du was, du schaust so ernst?", fragte Ingo.

„Nein, nein, ich bin nur etwas nachdenklich", antwortete Michaela.

„Aha, was hast du denn so gemacht, den ganzen Tag?", versuchte Ingo das Gespräch in Gang zu erhalten.

„Was sagst du?", fragte Michaela etwas unkonzentriert.

„Sag mal, du hast doch irgendwas!" Ingo ließ nicht locker.

Michaela seihte die Spaghetti ab. „Können wir beim Essen darüber reden?"

„Ok", sagte Ingo, „ich decke dann den Tisch. Riecht super, deine Hackfleischsoße." Er versuchte, eine positive Stimmung zu erzeugen, obwohl das sinnlos war, wenn Michaela mit etwas Ernstem beschäftigt war. „Schieß los", meinte er dann, kaum dass sie beide am Tisch saßen.

„Ich habe einen Brief von Ursulas Nichte bekommen, dass es ihrer Tante nicht gut geht, und ob ich nicht vorbeikommen könnte."

Ingo runzelte die Stirn. „Ist das alles?", fragte er dann. „Keine weiteren Erklärungen? Sehr fragwürdig. Hast du Ursula überhaupt schon einmal besucht?"

„Du weißt, dass ich das nicht getan habe. Es gab wohl von beiden Seiten keinen Wunsch danach", antwortete Michaela etwas gereizt.

„Na, also", bestätigte Ingo, „ich finde es seltsam, dass sich ihre Nichte meldet. Du hattest doch keinen besonderen Draht zu ihr."

„Naja, Irene ist in etwa so alt wie unsere Kinder. Ich meine, ich war im Wesentlichen mit Ursula befreundet." Sie sah Ingo unschlüssig und fragend an.

Diesen begann das Thema bereits zu nerven. Wie viel Zeit sollte er denn noch in die Problematik „Ursula und ich" investieren? War da nicht schon längst alles gesagt worden, und zwar nicht nur einmal? Er wollte die Nachrichten anschauen und den Feierabend mit Michaela genießen. Er wollte von seiner Arbeit erzählen und verschiedene Dinge des gemeinsamen Alltags besprechen. Er genoss diese beschaulichen Abende bewusst nach all den unruhigen Zeiten, die er mit Michaela erlebt hatte.

„Mach, was du willst!", sagte Ingo ein wenig kurz angebunden und räumte das Geschirr weg. Ihm war dabei völlig klar, dass das Thema Ursula damit noch lange nicht vom Tisch war.

„Du bist ja eine tolle Hilfe", maulte Michaela hinterher.

„Ich dachte, du würdest dir ein paar Gedanken machen dazu." Sie hatte sich schon gedacht, dass Ingo nicht begeistert sein würde, wieder mal in die Thematik Ursula einsteigen zu müssen. Er hatte sicher einen harten Tag gehabt und wollte sich jetzt nicht mit, wie er es nannte, „Weibergedöns" abgeben.

„Ruf doch bei Irene an", riet Ingo versöhnlich, „dann weißt du mehr und kannst besser entscheiden."

So ähnlich hatte es sich Michaela auch gedacht und versuchte anderntags, Irene zu erreichen. Sie musste sich allerdings überwinden, die Nummer zu wählen und hatte dabei ein mulmiges Gefühl.

„Ja, bitte", meldete sich Irene.

„Hier ist Michaela, du hattest einen Brief geschrieben", antwortete sie.

„Ja …" Irenes Stimme blieb in der Luft hängen. „Bitte entschuldige diesen Überfall." Irene sprach hastig und leise. Der Klang ihrer Stimme hatte etwas Unsicheres und gleichzeitig Gepresstes.

„Nein, nein", meinte Michaela, „du hast sicher einen Grund für diesen Brief gehabt." Sie hörte Irene atmen.

„Ich bin ziemlich verzweifelt wegen meiner Tante", brach es aus ihr heraus. „Sie hat sich in letzter Zeit so verändert, ich mache mir ganz große Sorgen, ich weiß mir überhaupt nicht mehr zu helfen. Du bist jetzt meine letzte Rettung, glaube mir. Ich hätte dich ansonsten sicher nicht kontaktiert. Ich weiß ja, dass eure Freundschaft am Ende nur noch pro forma bestand. Aber du bist die einzige, die Tante Ursula wirklich gut kennt. Dich hat sie doch mal in ihr Herz schauen lassen, damals als ihr euch kennenlerntet. Ich war da ja noch ein Kind und habe bei meinem Vater gelebt."

„Inwiefern hat sie sich denn verändert?", versuchte Michaela das Gespräch wieder zu konkretisieren.

Irene seufzte. „Ich weiß nicht so recht, wie ich dir das erklären soll. Sie war doch immer aktiv, wusste genau was sie wollte, hatte ihre dezidierte Meinung zu allem. Jetzt unternimmt sie nichts mehr, geht tagelang nicht aus ihrem Zimmer. Manchmal steht sie erst gegen Mittag auf. Ich komme nicht an sie ran, sie geht auf meine Gesprächsangebote nicht ein, ja, sie wird regelrecht aggressiv, wenn ich zu sehr insistiere. Mal isst sie zu viel, mal isst sie gar nichts. Ich glaube, sie nimmt auch Tabletten, denn manchmal ist sie geradezu euphorisch. Sie lässt sich auch gehen, wo sie doch immer so etepetete war. Du kannst dir das alles gar nicht vorstellen! Natürlich leidet auch meine Beziehung unter der Geschichte und jetzt …" – sie fing an zu schluchzen, „ist Peter ausgezogen! Er sagt, er hält das nicht mehr aus. Was soll ich bloß tun? Du bist meine letzte Rettung, Michaela. Ich bin mir ganz sicher, dass du die Einzige bist, die jetzt noch Zugang zu Tante Ursula hat. Wenn du mir nicht helfen kannst, weiß ich nicht mehr weiter. Dann bin ich am Ende."

Michaela spürte Irenes Verzweiflung. Sie hörte sie jetzt leise weinen. Trotz des großen inneren Abstands, den sie zu Ursula hatte, berührte sie diese Nachricht zutiefst. Aber was konnte sie tun? Sie hatten seit Jahren nicht mehr miteinander gesprochen. Als Ursula wegzog, war die Entfremdung zwischen ihnen schon sehr groß gewesen. Sie ließ sich auf Michaelas Argumentation nicht ein, beharrte auf ihren Ansichten, und irgendwann war dann jedes weitere Wort zu viel gewesen. Michaela hatte die letzten Gespräche mit Ursula jetzt ganz deutlich vor Augen.

Nur, was sollte sie tun? Sollte sie sich wirklich auf den Weg machen? Ihr Inneres sträubte sich dagegen. Nicht weil sie nicht helfen wollte, sondern weil sie nicht wusste, *wie*, weil der Besuch ihrer Meinung nach nichts nutzen würde. Sie würde einen anstrengenden und verdrießlichen Tag erleben, wobei es mit einem einzigen Tag vermutlich gar nicht getan war.

„Ich ruf dich nochmal an", sagte Michaela dann, „ich muss erst noch nachdenken."

„Aber ganz bestimmt!" Irenes Stimme klang flehend und stimmte Michaela mitfühlend. Eigentlich war die Entscheidung schon gefallen, aber sie wollte doch noch eine Nacht darüber schlafen.

„Ganz bestimmt", sagte Michaela und legte auf.

Eigentlich hatte sie sich so etwas schon gedacht. Ursulas Weltsicht war angesichts der Realität vermutlich stark erschüttert worden. Ihr Koordinatensystem funktionierte wahrscheinlich nicht mehr so wie früher. Anstatt sich mit den Tatsachen auseinanderzusetzen, hatte sie die Flucht ergriffen. Prinzipiell tat ihr Ursula zwar leid, aber noch mehr Mitgefühl empfand sie für Irene. Sie stand zwischen ihrem Partner Peter und ihrer Tante. Für beide fühlte sie sich zuständig und auch verantwortlich. Sicher hatte sie auch Schuldgefühle, weil es ihr nicht gelungen war, ihrer Tante einen schönen Lebensabend zu bieten. Sie fühlte sich Ursula gegenüber zu großem Dank verpflichtet, weil sie sich sehr um sie gekümmert hatte, als ihr Vater nach dem Tod ihrer Mutter erneut heiratete. Irene verstand sich nicht gut mit der neuen Partnerin ihres Vaters und fühlte sich eher als fünftes Rad am Wagen. Ursula begleitete sie mit großer Umsicht und Engagement ins Erwachsenenleben.

Es war für Irene eine große Freude gewesen, Ursula ihr Haus anbieten zu können, damit sie dort ihren Lebensabend verbringen konnte. Natürlich kannte Ursula niemanden in der Stadt und sie hatte auch keine Lust, nochmals eine Praxis zu eröffnen. Aber sie war immer sehr kontaktfreudig gewesen, und so machte sich Irene zunächst keine Sorgen um sie. Sicher erwartete Irene von Peter, dass er sich rücksichtsvoll und zuvorkommend gegenüber Ursula verhielt. Vielleicht machte sie ihm Vorwürfe, weil er Ursulas Ansprüchen nicht genügte?

Michaela fiel dabei Ursulas Einstellung zu Ingo wieder ein. Sie wollte gerne hofiert werden – ob Peter hierfür der richtige Mann war?

So in etwa stellte sich Michaela die komplexe Situation rund um Ursula vor. In ihr begann ein gewisser Groll auf Ursula zu wachsen. Es war doch ein sehr egoistisches Verhalten, das sie hier an den Tag legte. Oder konnte sie nicht anders? Michaela war sich nicht sicher und wollte nicht vorschnell urteilen. Sie beschloss, so bald wie möglich zu Irene zu fahren und so lange zu bleiben, wie sie an Zeit benötigte.

Sie teilte ihren Entschluss Ingo mit.

„Das habe ich mir schon gedacht", brummte er, „fahr nur, wenn du glaubst helfen zu können, aber erwarte keine Dankbarkeit."

Michaela wunderte sich über diesen Satz. Dankbarkeit war das Letzte, was sie erwartete. Ingo dachte eben anders.

„Ich weiß nicht, wie lange ich bleiben werde", sagte Michaela.

„Schon gut", meinte Ingo, „melde dich einfach zwischendurch, ich komme schon klar."

Michaela lächelte ihn dankbar an. Auf ihn konnte sie sich verlassen. Er war zwar eher nüchtern, aber dafür unkompliziert und konnte sehr schnell Wichtiges von Unwichtigem unterscheiden. Diese Sache hier war wichtig, das war ihm sofort klar gewesen.

Michaela machte sich mit ihrem PKW auf den Weg und stellte während der ganzen Fahrt Überlegungen an, wie sie das Gespräch mit Ursula führen sollte. Zwischendurch war sie sich auch immer wieder unsicher, ob es richtig war, was sie tat. Aber wenn sie nichts tat, würde sie sich später sicher Vorwürfe machen.

Sie kam am frühen Nachmittag bei Irene an. Es war Freitag, und Irene hatte sich extra freigenommen, um Michaela empfangen zu können. Michaela fand, dass Irene verhärmt aussah. Die Sorgen um ihre Tante und der Kummer wegen Peter hatten Spuren hinterlassen.

„Komm rein", sagte Irene „du willst sicher etwas trinken nach der langen Fahrt. Setz dich bitte!"

„Ja, gerne", antwortete Michaela und nahm dankbar ein Glas Wasser in Empfang. Dann sah sie Irene fragend an. „Sollen wir gleich zu Ursula gehen?"

„Ja ..." Irene zögerte etwas. „Ich habe sie heute noch

gar nicht gesehen. Als ich heute Morgen zu ihr wollte, war die Türe versperrt." Sie schluckte. „Es ist alles so schrecklich." Sie kämpfte mit den Tränen.

Michaela holte tief Luft. Sie hatte das Gefühl, dass ein großer Brocken vor ihr lag, und sie hatte immer noch keine Idee dazu. Sie musste sich auf ihre Eingebungen verlassen, das war in diesem Fall das Beste.

„Wir machen das so", hörte sie Irene sagen „ich sage zu Ursula, dass du überraschend vorbeigekommen bist, weil du in der Nähe zu tun hattest."

„Und was hatte ich zu tun?" Michaela brauchte eine schlüssige Antwort. Ursula würde ansonsten sehr schnell herausfinden, warum Michaela eigentlich gekommen war. Das wäre kein guter Beginn.

„Na, Pferde anschauen", lächelte Irene „du bist doch sicher immer noch pferdebegeistert und in der Nähe ist ein großes Gestüt."

„Stimmt", sagte Michaela, „eigentlich wollte ich mir das Gestüt Fohlenhof schon lange anschauen." Na also, das war völlig unverdächtig. Michaela war zufrieden.

Irene ging voraus zu Ursulas Zimmer und Michaela spürte, wie aufgeregt sie plötzlich war. Es kam darauf an, in den ersten Sekunden der Überraschung in Ursulas Gesicht zu lesen: Aufmerksamkeit? Verschlossenheit? Freude? Abwehr? Alles war möglich. Die ersten Augenblicke einer Begegnung sagten die Wahrheit, das war eine von Michaelas Grundüberzeugungen. Danach kamen wieder die Haltungen, das nach außen wirksame Bild, das jemand von sich zeigen wollte.

Irene klopfte und öffnete dann vorsichtig die Türe.

„Ursula?" Michaela sah, dass das Zimmer abgedunkelt war und ein Dämmerlicht herrschte. „Ich habe eine Überraschung für dich, mit der du ganz bestimmt nicht rechnest!" Irenes Stimme sollte fröhlich und optimistisch klingen, es gelang ihr jedoch nur teilweise.

„Was ist es denn?" Ursula klang leise aber dennoch kurz angebunden, eher abwehrend.

„Es ist Michaela", rief Irene, „sie ist hier, weil sie am Gestüt Fohlenhof war. Sie dachte, dass sie einen Überraschungsbesuch bei uns machen könnte. Stell dir mal so einen Zufall vor!"

Michaela fand, dass Irene mit ihrer Begeisterung übertrieb, aber egal.

„Ahhh", hörte sie Ursula antworten, „das ist aber schön!" Der Klang ihrer Stimme hatte etwas Förmliches, fast Geschäftsmäßiges.

Michaela kannte diesen Ton sehr gut. Er sollte verbindlich wirken, war jedoch zutiefst unpersönlich.

„Komm doch rein! Ich habe etwas Migräne, darum ist der Raum abgedunkelt."

Wie immer die perfekte Fassade, dachte sich Michaela.

„Du trinkst sicher eine Tasse Tee mit mir. Irene, würdest du uns bitte Tee kochen?"

„Ja, Ursula", antwortete Irene und verschwand.

Michaela setzte sich und sah Ursula an. Sie hatte sich nicht verändert, und wenn Michaela ein Häufchen Elend erwartet hatte, dann hatte sie sich gründlich getäuscht. Eigentlich hätte sie es sich denken können, dass Ursula sich ihr gegenüber auf keinen Fall eine Blöße geben wollte.

„Wie geht es dir, Michaela?", begann Ursula das Gespräch „Du hast dich kaum verändert, seit wir uns das letzte Mal gesehen haben."

„Du kennst doch meine Aktivitäten", antwortet Michaela, „Musik, Sport, Ehrenamt – die Zeit vergeht wie im Flug, viel zu schnell. Gesundheitlich habe ich kaum Probleme. Ab und zu zwickt mal was, aber das ist auch schon alles."

Ursula sah Michaela forschend an, und Michaela konnte jetzt die Trauer in ihren Augen erkennen. Der Blick passte nicht zu dem von Ursula angeschlagenen Ton.

„Meine Zeit verrinnt einfach", sagte sie dann leise mit einem melancholischen Unterton. „Unaufhaltsam bewege ich mich auf das Ende zu."

„Aber das tun wir doch alle!", fiel Michaela ein. „Nur sind wir vielleicht näher dran als andere, obwohl man das auch das nie wissen kann."

„Das meine ich nicht", fuhr Ursula fort, „die Zeit verrinnt nutzlos. Diese Nutzlosigkeit macht mir zu schaffen."

Michaela wunderte sich über Ursulas Offenheit. Es musste ihr wirklich sehr schlecht gehen. Ansonsten hätte sie sicher versucht, ein Bild von sich zu entwerfen, das Michaela beeindrucken sollte. „Und was heißt das, wie sieht dein Leben jetzt aus?", fragte sie.

„Leben … Das ist es ja. Ich fühle mich nicht mehr

lebendig, sitze nur noch rum …" Ursula sah Michaela Mitleid heischend an.

Michaela wurde vorsichtig. In die Mitleidsfalle wollte sie auf gar keinen Fall tappen.

„Aber du hast doch Irene, du bist doch nicht allein", entgegnete Michaela.

„Ach, die kümmert sich doch nicht um mich. Sie schaut nur ab und zu vorbei, ob ich alles habe und was ich brauchen könnte, ansonsten lebt sie ihr eigenes Leben." Ursula machte einen resignierten Eindruck.

„Na ja, sie ist ja auch dreißig Jahre jünger als du, da hat man doch noch seine Verpflichtungen", meinte Michaela.

„Verpflichtungen!", rief Ursula in einem abwertenden Ton, „ihrem Kerl läuft sie hinterher! Sie macht die ganze Hausarbeit, verdient das Geld und lässt sich von ihm rumkommandieren. Abends greift er zur Bierflasche. So sehen die Tage aus, und ich muss dabei zusehen. Wenn ich was sage, bin ich die Böse. Ich muss mir aber ständig die Geschichten anhören, die mir Irene unter Tränen erzählt."

Die Türe öffnete sich, und Irene kam mit einem Tablett und Teegeschirr zur Türe herein.

„Ich lasse euch alleine, ihr wollt sicher in Ruhe quatschen." Ihre Stimme sollte wohlwollend und verständnisvoll klingen, hatte jedoch einen piepsigen Unterton.

Michaela atmete tief durch. „Das hört sich aber nicht gut an", sagte sie, als Irene wieder verschwunden war. Ursula schwieg verbittert. Es entstand eine längere Pause, in der nur das Geräusch der Teetassen zu hören war. „Wie hast du es dir denn vorgestellt, wie dein Leben aussehen sollte, nachdem du zu Irene gezogen bist?", nahm Michaela den Gesprächsfaden wieder auf.

„Zunächst wollte ich nur meine Ruhe haben. Einfach mal gar nichts machen. Ich habe ja sehr lange gearbeitet, um mir Rücklagen zu schaffen, weil durch meine Scheidung die Zeit für meine Altersvorsorge sehr kurz war. Es war auch anstrengend. Die Patienten haben hohe Erwartungen an einen. Sie müssen alles selbst bezahlen, und Wunder kann auch ich keine vollbringen. Mir ist alles zu viel geworden. Das Angebot von Irene kam genau im richtigen Moment. Ich lebe hier mietfrei und komme so ganz gut mit meinen finanziellen Mitteln aus. Wenn ich in meiner alten Umgebung geblieben wäre, hätte ich mir mein Leben so nicht leisten können. Ich wollte mich nach einer Zeit der Erholung neu orientieren und auf Eingebungen warten. Stattdessen bin ich in ein Loch gefallen und komme da irgendwie nicht mehr raus." Ursula klang wehleidig.

Michaela sagte zunächst nichts. „Hast du dir schon Gedanken gemacht, wie du wieder mehr Lebensfreude entwickeln kannst?", fragte sie dann vorsichtig.

„Wie denn? Soll ich mich vor den Spiegel stellen und mir einreden, ich wäre ein fröhlicher, optimistischer Mensch?", rief Ursula sarkastisch.

Die Stille, die sich nach diesen Worten ausbreitete, war unangenehm. Sie waren wieder einmal unterschiedlicher Ansicht, Michaela und Ursula. Jedes weitere Wort hätte die Situation noch verschärft. Ursula war gefangen in ihrem Selbstmitleid. Solange sie gearbeitet hatte, war sie selbständig, unabhängig, wurde geachtet und lebte in repräsentativen Verhältnissen, was, wie Michaela wusste, für sie große Bedeutung hatte. Jetzt war nichts mehr wie es einmal war.

Das Problem dabei war Ursulas Selbstmitleid. Michaela hatte es geahnt, dass sie sich festfahren würden an diesem Punkt. Dazu kannte sie Ursula zu gut. Als damals ihre Ehe scheiterte, gab es nur einen Schuldigen, und das war ihr Mann. Ihr eigener Beitrag fiel komplett unter den Tisch. Jede noch so vorsichtig vorgetragene Kritik an ihrem Verhalten empfand sie als Angriff auf ihre Persönlichkeit und sie reagierte dann entsprechend. Natürlich sagte irgendwann keiner mehr etwas zu ihr, denn es blieb einem nur übrig, ihren Ausführungen beizupflichten. Dadurch verfestigte sich ihre Sichtweise noch mehr. Zuletzt fand sie sich in einer Position der tragischen Heldin wieder. Kein Mann war jedoch bereit, sie in dieser Rolle zu würdigen und zu bewundern, was sie zutiefst verbitterte.

Jetzt passierte etwas Ähnliches. Ihr eigenes Verhalten, das schließlich erheblich zur jetzigen Lage beigetragen hatte, hinterfragte sie nicht. Wie sollte es da zu einer Lösung kommen?

Plötzlich hatte Michaela keine Lust mehr, noch länger dazubleiben. Es war wie immer. Sie war dazu verurteilt, Ursulas Sichtweise zu übernehmen, andernfalls gab es Streit. „Naja", meinte sie deshalb, „dann musst du eben dein Leben aushalten wie es ist. Irene tut mir allerdings leid. Vielleicht solltest du dir darüber einige Gedanken machen." Sie erschrak selbst über die Deutlichkeit ihrer Worte, aber jetzt waren sie schon ausgesprochen. Da gab es kein Zurück mehr. Sie erhob sich und fügte hinzu: „Es war schön, dich einmal wiederzusehen, Ursula. Schade, dass ich dir nicht helfen kann."

Sie verabschiedete sich und ließ Ursula mit ihrem Ingrimm und in ihrer schlechten Laune zurück. Sie hatte sich vorgenommen, noch kurz mit Irene zu sprechen, bevor sie endgültig ging.

Irene erwartete sie gespannt. „Und, wie war dein Eindruck? Was denkst du denn?"

„Hm", Michaela sah Irene nachdenklich an. „Deine Tante ist gesund, sie ist auch mobil. Ich nehme an, sie kann dein Auto haben, wenn sie es braucht?"

Irene nickte.

„Wie ist es denn mit Peter, liebst du ihn noch?"

Irene nickte wieder. „Ja, aber er hat keine Lust auf eine ‚ménage à trois', wie er es nennt."

„Verständlich", meinte Michaela. „Ich fand es sehr großzügig von ihm, als er damals sofort zugestimmt hatte, deine Tante bei euch unterzubringen. Das Wichtigste ist im Augenblick, dass ihr wieder zusammenfindet. Ihr müsst euch beide überlegen, wie es weitergehen soll in eurer Partnerschaft. Es ist euer Leben und eure Zukunft. Wenn deine Tante Hilfe benötigt, dann müsst ihr euch beide überlegen, wie man das gestalten kann. Aber noch ist es nicht so weit. Jeder hat hier seine Verantwortlichkeiten. Du musst sicher keine Klagemauer für Ursula sein. Sie ist durchaus in der Lage, ihr Leben selbst zu gestalten. Aber du solltest deine Partnerprobleme natürlich auch zunächst selbstständig lösen."

Irene errötete etwas, fühlte sich an diesem Punkt ertappt. „Du hast schon recht, Michaela, ich werde darüber nachdenken. Vielen Dank für deine Mühe."

„Hab ich gerne gemacht", antwortete Michaela und war froh, wieder fahren zu können.

Auf der Rückfahrt hatte sie ein seltsames Gefühl. Hatte sie alles richtig gemacht? War sie Ursula gegenüber nicht zu deutlich geworden? Egal – man sollte sich die Probleme anderer nicht zu sehr zu Eigen machen. Das war schon immer ihre Ansicht gewesen.

Zu Hause ging das Leben in gewohnter Weise weiter. Ingo machte einige spöttische Bemerkungen zu Michaelas Ausflug zu Ursula. Lange Zeit hörte sie nichts mehr von Irene. Am Ende des Jahres erreichte sie jedoch eine Weihnachtskarte.

Es ist alles gut geworden, stand da. *Ursula engagiert sich bei der hiesigen Tafel und hat neue Bekannte gefunden. Sie strahlt richtig Lebensfreude aus. Peter wohnt wieder bei uns und wir verstehen uns wieder. Ursula erwähnt dich allerdings mit keinem Wort, schade. Danke für alles und eine gute Zeit. Deine Irene*

Michaela hielt Ingo die Karte zum Lesen hin.

„Deine Ursula ist und bleibt eine Schnepfe", meinte er dann lächelnd, und Michaela fand das erste Mal, dass sie bezüglich Ursula einer Meinung waren.

Bei dieser Geschichte musste Paula immer wieder lächeln. War diese Thematik für ihre Mutter tatsächlich so bedeutend gewesen, dass sie sich entschloss, ihr eine eigene

Geschichte zu widmen? Offensichtlich, auch wenn das Ende vermutlich so nicht stattgefunden hatte. Die Erzählung behandelte ein Kapitel im Leben ihrer Mutter, das eine Zeit lang immer wieder zu spöttischen Bemerkungen ihres Vaters geführt hatte. Paula und ihr Vater waren sich ziemlich einig, dass diese schillernde Esoterik nur ein Jahrmarkt für überspannte Frauen und Scharlatane war. Ihre Mutter beschäftigte sich dagegen relativ ernsthaft mit dieser Gegenwelt. Sie hatte auch tatsächlich eine sehr gute Bekannte, so erinnerte sich Paula, die aber nicht Ursula hieß. Der Name war ihr entfallen. Die Heilkunde dieser Frau hatte etwas Sagenumwobenes, geradezu Mystisches. Paulas Mutter war zunächst auch sehr überzeugt gewesen und quittierte die spöttische Skepsis ihres Mannes mit diesem Satz: *Davon verstehst du doch gar nichts.* Dann fielen Paula weitere Details ein, bei denen sie sich selbst heute noch amüsierte.

Tatsächlich war ihre Mutter von einem hartnäckigen Hautpilz geplagt gewesen, der sich besonders an den Füßen zeigte. Sie erhielt von ihrer Freundin eine Salbe, die eine überraschende Wirkung entfaltete: Die Zehen schwollen dunkelrot an und juckten schrecklich. Mutter konnte keine Strümpfe tragen und kam auch in keine Schuhe mehr hinein. Paula sah sie noch heute auf einem Stuhl sitzen und verzweifelt ihre Zehen anstarren. Vater enthielt sich jedes Kommentars, tauschte mit Paula jedoch bedeutsame Blicke und konnte nur mit Mühe ein Grinsen unterdrücken. Erstverschlechterung – dieses geflügelte Wort hatte Paula längst vergessen – war die Diagnose der Freundin, das musste ausgehalten werden. Ihre Mutter hielt es drei Tage aus, dann ließ sie die Salbe weg. Der Hautpilz beruhigte sich wieder, blieb ihrer Mutter jedoch erhalten, die dann wie vorher eine Pilzcreme verwendete. „Hast du das deiner Freundin gesagt?", hatte Vater einmal süffisant gefragt. Mutter antwortete nicht, sah jedoch von weiteren Behandlungen ab.

Ihre astrologischen Weissagungen wurden in der Folge auch weniger – Vorsicht, Uranustransit über Mars: Unfallgefahr - und die esoterische Thematik verschwand irgendwann komplett aus ihren Gesprächen. Paula war sich nicht sicher, ob es damals zu einem Zerwürfnis zwischen ihrer Mutter und der Bekannten kam, sie wurde einfach nicht mehr erwähnt.

Es war einer jener seltenen Fälle, bei denen Paulas Mutter zugab, sich getäuscht zu haben. Das fand Paula selbst heute noch bemerkenswert. Um nicht ganz das Gesicht zu verlieren, meinte sie immer mal wieder: *Vielleicht ist ja doch ein bisschen was dran.*

Vater neckte sie öfters mit diesem Thema, aber irgendwann hatten alle genug davon. Ihre Mutter machte damals tatsächlich eine geistige Kehrtwende und beschäftigte sich mehr mit philosophischen Gedanken. Sie kam zu dem Schluss, dass der Mensch eben viel weniger wusste, als er zu wissen glaubte. Das Nichtwissen wurde dann durch Geheimlehren ersetzt, denen es aber an jeglicher Beweiskraft mangelte, die aber von ihren Anhängern umso heftiger verteidigt wurden.

Paula erinnerte sich, dass sie irgendwann mal, sehr viel später, ihre Mutter gefragt hatte, was sie denn heute vom esoterischen Gedankengut hielt. Sie dachte eine Weile nach, bevor sie antwortete. *Weißt du, sagte sie dann, die Menschen haben eine Sehnsucht nach einer Art geistigen Heimat. Ob sie*

diese Heimat in den Religionen finden oder in sonstigen Weltanschau-
ungen, bleibt jedem Einzelnen überlassen. Dieses esoterische Gedan-
kengut hat wie alle diese Dinge eine Außenseite und einen geistigen
Kern. Die einen gehen in den Gottesdienst und die anderen meditieren
im Wald, aber irgendeine geistige Heimat sucht und findet jeder. Man
muss da offen und tolerant sein. Letztendlich handelt es sich hier um
den ganz privaten Glauben bzw. die persönliche Überzeugung eines
jeden Menschen. Ich habe mir viele Gedanken gemacht dazu, das ist
jetzt die Quintessenz davon.

Anni hörte sich das alles an, was Paula zu dieser Geschichte zu erzählen hatte. Sie meinte daraufhin, dass es
wirklich für ihre Mutter spräche, wenn sie Irrtümer zugeben konnte. Sogar die Freundschaft mit dieser Heilerin
musste daran glauben. Sie fand das äußerst respektabel.

Paula ließ sich Zeit mit der nächsten Geschichte. Sie
spürte, dass das Bild, das sie von ihrer Mutter hatte, diffe-
renzierter wurde, und dass sie begann, sie als individuelle
Person wahrzunehmen. Diese Geschichten zu lesen war
tatsächlich etwas anderes, als ein Gespräch zu führen.

Dann hatte sie plötzlich wieder Lust, weiterzulesen.

Die dritte Geschichte hieß lapidar: Eine Liebesgeschichte

Eine Liebesgeschichte

„Wer erzählt uns denn heute eine Geschichte?", fragte Paul in die Runde.

„Ich glaube, Klara ist dran", meinte Barbara.

Sie trafen sich unregelmäßig alle paar Wochen: Klara, Paul, Barbara, Rosa und Marie. Ihre Bekanntschaft entsprang verschiedenen Zufällen. Sie waren Nachbarn oder hatten sich bei der Gymnastikgruppe kennengelernt oder waren der Partner eines verstorbenen Mitglieds, das war zum Beispiel Paul. Alle waren bereits in einem reiferen Alter und blickten gerne zurück auf ihr vergangenes Leben. Irgendwann stellten sie fest, dass jeder Geschichten zu erzählen hatte. Es handelte sich dabei um Dinge, die man selbst erlebt hatte oder die andere erlebt hatten und an denen man auf irgendeine Weise beteiligt war. Spontan entschlossen sie sich eines Tages, sich diese Geschichten zu erzählen. Natürlich musste man sich darauf vorbereiten, sich erinnern und sich meist einige Notizen machen. Manchmal war eine Geschichte bei einem Treffen fertig erzählt, gelegentlich dauerte sie länger, je nachdem.

Man muss sich das allerdings nicht als Monolog vorstellen, sondern als Gespräch. Die anderen beteiligten sich lebhaft, fragten nach oder lieferten Kommentare. So wurden die Geschichten bunter, komplex und manchmal auch tiefgründig. Meist blieben allerdings einige Fragen offen.

Auf jeden Fall bereicherten sie sich mit ihren Geschichten das eigene Leben, in dem meist keine großen Ereignisse mehr zu erwarten waren, außer Krankheit und Tod. Diese Themen sparten sie jedoch bewusst aus. Es sollte um das Leben gehen, wenn auch um das vergangene.

Heute war also Klara dran.

„Was hast du uns denn zu erzählen?", fragte Rosa.

„Es geht um Brigitta und Klaus", antwortete Klara.

„Ah, eine Liebesgeschichte", sagte Marie überrascht und erfreut.

Liebesgeschichten wurden sehr selten erzählt und schon gar nicht von der nüchternen Klara. Es ging um die ganz großen Gefühle, und jeder musste erst seine Scheu überwinden, darüber zu reden. Das fiel nicht jedem leicht. Die meisten Geschichten waren heiter mit einem versöhnlichen Ausgang.

„Ja", meinte Klara, „es ist eine Liebesgeschichte." „Tragisch?" Barbara hasste traurige Geschichten.

„Aber nein", antwortete Klara, „es ist eine Geschichte des Wandels. Sie umfasst einen langen Zeitraum, und sie ist auch nicht einfach erzählt. Die meisten Liebesgeschichten enden mit der Hochzeit oder mit der Trennung."

„Oder mit dem Tod", warf Paul ein, dem der Tod seiner Partnerin noch immer sehr naheging.

„Ich verspreche euch, dass ich keine sentimentale Stimmung erzeugen werde", beruhigte Klara die anderen.

Traurige Geschichten sollten – wenn möglich - ausgespart werden. Das Äußerste, was man bereit war zu akzeptieren, war die Erzeugung einer gewissen Nachdenklichkeit. In diesem Punkt waren sich alle ziemlich einig.

Dann begann Klara zu erzählen.

„Ich habe Brigitta und Klaus während meiner Ausbildungszeit kennengelernt. Wir hatten alle das Studium bereits abgeschlossen und bereiteten uns auf das zweite Staatsexamen vor. Vorbereitungszeit nannte man das, und sie dauerte ca. zwei Jahre. Wir hatten immer wieder Lehrgänge und Aufenthalte bei verschiedenen Behörden." Klara blickte versonnen in die Runde. Alle spürten, dass sie jetzt in die Tiefen der Erinnerung ihrer eigenen Jugendzeit abtauchte. Diese Zeit lag sicher schon mehr als 40 Jahre zurück.

„Wir waren alle sehr jung damals, so um die 25 bis Anfang 30. Die meisten kannten sich aus dem Studium, ich kannte allerdings niemanden. Ich freundete mich rasch mit Brigitta an, die sich ebenfalls zunächst etwas fremd fühlte. Wir lagen auf einer Wellenlänge und freuten uns auf die Zeit der Ausbildung. Brigitta war lebhaft und optimistisch, neugierig auf alles, hatte jedoch auch ziemlichen Tiefgang. Das merkte man allerdings erst, wenn man mit ihr ins Gespräch kam. Zunächst machte sie einen offenen, vielleicht auch harmlosen Eindruck. Sie war mittelgroß, kräftig und trug ihr langes, braunes Haar meist zu einem Zopf geflochten. Was sofort auffiel, war ihr herzhaftes Lachen, das insbesondere unsere männlichen Kollegen attraktiv fanden. Sie war selbstbewusst, ohne arrogant zu wirken und verfügte über einen brennenden Ehrgeiz. Sie wollte wirklich gut sein, um auch Karriere machen zu können, stand sich jedoch durch ihre Kritikfreudigkeit ein wenig selbst im

Weg, insbesondere bei den Vorgesetzten. Sie konnte einfach nicht rechtzeitig ihre Klappe halten. Andererseits war sie etwas verträumt, nicht so wirklich auf Erfolg gepolt."

„Die Folge davon war wahrscheinlich, dass sie nicht so richtig ernst genommen wurde", warf Paul ein.

„Genau", sagte Rosa, „so würde ich das auch sehen."

„Da habt ihr recht", pflichtete ihnen Klara bei, „Brigitta war in mancherlei Hinsicht widersprüchlich. Auf der einen Seite herzlich und meist gut aufgelegt, wenn ihr aber die Anerkennung versagt blieb, die ihr ihrer Meinung nach zustand, konnte sie wirklich böse und knallhart werden. Das überraschte dann immer alle, mich eingeschlossen. Ich hatte aber immer den Eindruck eines im Grunde wohlwollenden und freundlichen Menschen, dem Intrigenspiel ziemlich fremd war. Vielleicht fühlte sie sich manchmal etwas ausgenutzt, so genau kann ich euch das heute nicht mehr sagen."

„Wie sehr wart ihr denn befreundet?", fragte Barbara, die immer alles genau wissen wollte.

„Wir waren sogenannte beste Freundinnen", antwortete Klara. „Wir erzählten uns alles: unsere Gedanken, Wünsche, Träume und Geheimnisse. Natürlich ging's schwerpunktmäßig um die Liebe, wie das so ist in diesem Alter."

„War Brigitta denn liiert?", fragte Rosa.

„Ja, sie war schwer verliebt in ihren Alfred. Ich habe ihn mal kennengelernt. Eigentlich war ich damals enttäuscht. Ich stellte mir unter ihrem Lebenspartner einen groß gewachsenen, offenen und gutaussehenden jungen Mann vor, einen, der eine ebenso positive Ausstrahlung wie Brigitta hatte. Alfred war aber ganz anders. Er war zurückhaltend, fast schüchtern, eher schmächtig und ziemlich schweigsam. Ich fragte mich damals, worin denn eigentlich ihre Gemeinsamkeiten bestanden. Aber um das zu erfahren, kannte ich Brigitta noch zu wenig. Erst später wurde mir klar, warum gerade Alfred der Richtige war für sie. Brigitta war – so kann man das wohl sagen – ängstlich besorgt um ihre Freiheit und Unabhängigkeit. Sie wollte sich um keinen Preis der Welt einem Mann ausliefern, emotional abhängig werden oder gar existentiell auf ihn angewiesen sein. Sie hatte damals schon Beziehungserfahrung – im Gegensatz zu Alfred - und wusste, was sie wollte. Alfred dagegen bewunderte Brigitta. Sie verdiente ihr eigenes Geld, war stark und mutig. Das waren Eigenschaften, die er nicht in diesem Maß vorzuweisen hatte."

„Er war Brigitta also unterlegen", warf Paul ein. „Keine gute Voraussetzung für eine glückliche Beziehung."

„Wieso denn?", fragte Rosa scharf. „Warum muss sich denn immer die Frau anpassen? Mir ist Brigitta sympathisch!"

„Paul hat natürlich auch recht", antwortete Marie. „Ein Mann braucht das Gefühl der Überlegenheit, sonst fühlt er sich unsicher." Es war klar, dass dieser Einwand von Marie kam, die gerne die Rolle der ‚Frau an seiner Seite' spielte.

Klara lachte. „Na, jetzt streitet euch nicht. Es war eben so. Brigitta war die Führende, und Alfred passte sich ihr nur zu gerne an. Da war natürlich auch eine Portion Bequemlichkeit dabei. Zunächst regierte die Verliebtheit, wie das so ist am Anfang. Die glättet sowieso alle Unebenheiten."

Alle nickten zustimmend. Die erste Zeit einer Liebesbeziehung war etwas ganz Besonderes und jeder hing jetzt ein wenig seinen eigenen Erinnerungen nach. Rosa war allerdings unverheiratet geblieben und meinte, dass die Geschichte doch bitte nicht in den Kitsch abgleiten sollte.

Klara räusperte sich und fuhr fort: „Eines Tages kam Brigitta ganz aufgeregt zu mir und sagte: ‚Stell dir vor, Klaus hat mir vor einigen Tagen seine Liebe gestanden!‘ Ich konnte das gar nicht glauben. Klaus? Er war so unauffällig, wie man nur sein konnte. Er trug immer die gleichen Klamotten und machte einen asketischen, kargen Eindruck. Er war extrem schweigsam und hatte kaum Kontakt zu den anderen. Ich wusste gar nicht, was ich darauf sagen sollte. Soviel ich erfahren hatte, war er schon länger verheiratet und erwartete sein erstes Kind. ‚Aber das ist doch absurd, total daneben!‘, sagte ich damals zu Brigitta. ‚Na ja‘, meinte sie, „‘Mir ist schon aufgefallen, dass er immer meine Nähe sucht, aber das hat mich doch ziemlich umgehauen. Er sagte, ich sei die Frau, die ihm immer im Traum erschienen sei, die er suche und die er jetzt glaubte, gefunden zu haben.‘“

Die anderen hatten sich erstaunt nach vorne gebeugt. Barbara, die immer gerne moralische Sichtweisen vertrat sagte streng: „Aber unter diesen Umständen muss man verzichten.“

Marie seufzte: „Wie romantisch!“

Und Rosa meinte: „Die Liebe verblödet die Menschen, das war schon immer so.“

Paul sagte zunächst nichts. Als ihn aber die anderen aufforderten, sich zu äußern, meinte er nur lakonisch: „Solche Dinge passieren eben.“

Klara fuhr fort: „Brigitta war in ihren Alfred verliebt, wollte eine Familie gründen und heiraten. Klaus war ihr bisher gar nicht aufgefallen, und schon gar nicht entwickelten sich bei ihr Gefühle für ihn. Sie sagte ihm das auch genau so, aber Klaus blieb davon völlig unbeeindruckt. Wenigstens eine kleine, harmlose Freundschaft wollte er ergattern. Das war in seinen Augen besser als nichts. In diesem Sinne entwickelten sich die Dinge dann in den nächsten Jahren. Wir machten alle unser Examen, Brigitta heiratete ihren Alfred und bekam bald darauf einen Sohn. Klaus hatte zwei Töchter und liebte weiterhin aus tiefstem Herzen seine Brigitta. Sie telefonierten ab und zu, und manchmal besuchten sich auch die Familien. Keinem fiel irgendetwas auf."

„Aber das gibt es doch gar nicht!", rief Barbara empört. „Das ist doch Betrug auf der ganzen Linie!"

„Gefühle sind eben stärker als gesellschaftliche Verpflichtungen", seufzte Marie, „einen Mann, der mich so liebt, hätte ich auch gerne gehabt."

Alle sahen wieder Paul an: „Kannst du dir denn sowas vorstellen?", fragte sie.

„Nun ja", antwortete Paul ausweichend, „gehört habe ich schon von solchen Dingen. Es gibt kein größeres Gefühl als die Liebe. Selbst der Verzicht darauf ist ein großes Gefühl."

Barbara rief: „Aber da sind eine Ehefrau und zwei Kinder, die ein Riesenvertrauen in Klaus haben!"

Der Satz blieb irgendwo in der Luft hängen, weil natürlich jeder ahnte, welcher Konflikt sich hier entwickeln würde.

„Wenn es so einfach wäre, würde es keine Familientragödien geben", meinte Rosa, „ich glaube nicht, dass Klaus verantwortungslos war. Er hat seine Gefühle tief drinnen verborgen gehalten und hat versucht, seine Pflichten der Familie gegenüber zu erfüllen."

„Ja", pflichtete Klara bei, „genau so war es. Ich möchte hier auch niemandem einen Vorwurf machen. Allerdings habe ich von Brigitta gehört, dass die Ehe von Klaus nicht glücklich war. Als Klaus seine Frau kennenlernte, waren beide neunzehn Jahre alt. Jeder hatte ein schwieriges Elternhaus, und was lag da näher, als sich zusammenzuschließen. Seine Frau strebte mit aller Macht eine eigene Familie an, und Klaus fand das gut so. Für ihn war es die erste Beziehung. Klaus ist sicher nicht leichtfertig. Er stand zu seinen Zusagen, auch wenn er spüren mochte, dass die Gemeinsamkeiten mit seiner Frau doch nicht so zahlreich waren, wie zunächst angenommen. Hätte er nicht Brigitta kennengelernt – wer weiß, wie sich die Dinge weiterentwickelt hätten? Es gibt doch genug Ehen, die in Sprachlosigkeit und Formalismen enden. Vielleicht hätten sie sich arrangiert, vielleicht auch nicht, wer weiß das schon. Wenn es keinen wirklichen Grund zur Trennung gibt, warum soll man dann alles aufgeben? Das müssen keine schlechten Ehen sein. Gewohnheit, Sicherheit, gemeinsame Kinder, ein langes, gemeinsames Leben – das sind auch Bindungskräfte."

Klara fand, dass so etwas einmal gesagt werden musste. Schließlich hatte es irgendwann mal Gründe gegeben, sich zusammenzuschließen, eine Familie zu gründen. Man lief nicht einfach davon, weil sich die Realität anders darstellte, als man es sich erhofft oder erträumt hatte. Ihre eigene Ehe sah sie im Wesentlichen unter diesen Gesichtspunkten. Und doch … wenn einem der Mensch begegnet, bei dem man spürt, der gehört zu mir, wer würde die Hand dafür ins Feuer legen, dass nichts passiert?

„Ja schon", meinte Marie, „aber eine Liebesgeschichte ist eben etwas anderes. Eine Ehe kann durchaus eine Liebesgeschichte sein, muss es aber nicht."

Barbara schaute schmallippig, und Rosa fand die Geschichte etwas schwülstig. Nur Paul war relativ still. Alle hatten das Gefühl, dass ihm die Geschichte naheging.

„Erzähl weiter", sagte Marie, „ich bin jetzt sehr gespannt."

„Nach ungefähr 10 Jahren passierte etwas Schreckliches, ein großes Unglück. Alfred kam bei einem Autounfall ums Leben." Klara sagte das ganz ruhig. Sie wusste um die Wirkung ihrer Worte.

Die anderen hielten den Atem an und blickten sich entsetzt an.

„Oh Gott", hauchte Marie.

„Brigitta war untröstlich", fuhr Klara fort. „Sie zog sich ziemlich zurück und trauerte lange um ihren Alfred. Es war nicht nur der Verlust des Partners. Sie musste jetzt ihren Sohn alleine großziehen, war nun alleine für alles, was ihn betraf, verantwortlich. Ich hatte auch nach unserem Examen immer noch Kontakt zu Brigitta, wenn auch nicht mehr so häufig wie damals, als wir uns kennenlernten.

Ich sah, wie sie sich veränderte. Sie wurde sehr ernst. Sie strahlte zunehmend etwas Melancholisches und doch

Tapferes aus. Sie ließ sich aber nicht hängen, kämpfte um ihr Selbstverständnis und lernte, wieder nach vorne zu schauen."

„Und Klaus?", fragte Barbara vorsichtig.

Klara lächelte ein wenig, während sie fortfuhr. „Ja, er witterte natürlich Morgenluft, zumal er besorgt war, dass Brigitta wieder jemanden kennenlernen könnte. Sie war jetzt Anfang 40 und eine ziemlich attraktive Frau. Er war aber klug. Er ging sehr vorsichtig mit ihr um und drängte sich nicht auf. Allerdings war er auf unsichtbare Weise ständig um sie herum. Hier ein Brief, dort ein Telefonat, ein Spaziergang. Er ließ sich da einiges einfallen. Brigitta erzählte mir einmal, dass seine unaufdringliche Nähe ihr guttat. Ich warnte sie und sagte ihr, dass das ein ziemlich zielgerichtetes und auch taktisches Vorgehen sei. Ihr wisst, dass solche Warnungen nie gehört werden, und hier war es genauso. Nach einem Jahr fing Klaus an, Brigitta den Hof zu machen, sie zu verehren, um sie zu werben. Er lud sie zum Essen ein, machte kleinere Ausflüge, schenkte Blumen und Pralinen. Er zog sämtliche Register, um Brigittas Herz zu gewinnen. Natürlich stand jetzt die Chance, Brigitta zu bekommen, greifbar vor ihm. Aber er war eben auch gebunden. Das war das Problem dabei."

„Ich hätte das genauso gemacht", sagte Paul plötzlich mit leiser Stimme.

„Aber man weiß doch, wo sowas hinführt!", warf Barbara ein.

Und Rosa meinte lakonisch: „Das Leben ist doch auch ohne solche Geschichten schon kompliziert genug."

Nur Marie lächelte und nickte: „Es war für beide die Chance, nochmal glücklich zu werden."

Klara nickte ebenfalls: „Ja, so war es wirklich. Jetzt kam die wohl schönste Zeit der beiden. Sie sahen sich nicht oft, aber wenn, dann waren sie in ihrer eigenen Welt und lebten ihre Liebe. Brigitta hatte sich tatsächlich nach einigem Zögern in Klaus verliebt und alle ihre Bedenken über Bord geworfen. Sie benahmen sich wie zwei Backfische, als wenn es kein Morgen gäbe. Sie hatten auch unglaubliches Glück. Niemand schöpfte Verdacht, niemand sah sie zufällig. Dabei waren sie noch nicht mal vorsichtig. Doch irgendwann litt Brigitta darunter, dass ihr Verhältnis nur im Geheimen stattfinden konnte. Auf die Dauer waren ihr die gelegentlichen Treffs zu wenig. Es war eben nicht nur eine Liebelei, sondern eine ganz tiefe und ganz große Geschichte."

„Ich weiß doch, dass so etwas nur schiefgehen kann", ätzte plötzlich Barbara dazwischen.

„Langsam, langsam", beschwichtigte Klara sie. „Es tat sich eine Möglichkeit auf, dass Klaus einen lukrativen Job in der Nähe von Brigittas Wohnort bekommen konnte. Das war etwa 250 km vom jetzigen Wohnort entfernt. Es handelte sich um einen echten Karrieresprung, war also völlig unverdächtig. Es bedeutete aber, dass Klaus künftig eine Wochenendehe führen musste, weil die Berufstätigkeit der Ehefrau und der Schulbesuch der Kinder einen Umzug unmöglich erscheinen ließen."

„Also Zufälle gibt's", staunte Marie, und Rosa meinte skeptisch: „Da bin ich aber mal gespannt."

Klara setzte ihre Erzählung fort: „Es entwickelte sich genauso, wie ich es angedeutet habe. Klaus war unter der

Woche in der Nähe von – oder besser bei – Brigitta, und am Wochenende bei seiner Familie."

„Und seine Frau hatte keine Ahnung? Ich meine, ihr Mann veränderte sich doch!", fragte Barbara ungläubig.

Allen wurde jetzt klar, dass diese Geschichte eine unschöne Kehrseite hatte.

„Es ist, wie in solchen Fällen immer. Natürlich spürte sie Veränderungen, aber Klaus beruhigte sie eben. Ihr wurde über Jahre hinweg eine gewaltige Lügengeschichte aufgetischt. Vielleicht fühlte sie, dass da etwas nicht stimmen konnte, wollte es aber lieber nicht wissen. Wer weiß das schon. Es stehen eben auch Jahrzehnte des gemeinsamen Lebens auf dem Spiel. Man wollte den Kindern eine intakte Familie bieten, wie das eben so ist."

„Wie ging's denn Brigitta dabei?", wollte Rosa wissen. „Sie ist doch eigentlich nicht der Typ für so eine heimliche Betrugsgeschichte."

„Sehr richtig", erwiderte Klara, „Brigitta litt ziemlich unter dieser Situation. Einerseits hielt sie die Leidenschaft gefesselt, andererseits hatte sie ein total schlechtes Gewissen und immense Schuldgefühle. Immerhin kannte sie ja die Ehefrau. Sie fühlte sich all die Jahre ziemlich unwohl und versuchte des Öfteren die Beziehung zu beenden. Aber Klaus ließ sich nicht darauf ein. Für ihn war alles eine Frage der Zeit. Irgendwann würden die Kinder alt genug sein, sodass er die Verantwortung für sie nicht mehr hätte, so dachte er. Er litt zwar auch unter der Situation, aber die Gefühle für Brigitta waren stärker. Er wollte sie um keinen Preis der Welt verlieren. Sie einigten sich darauf, zu warten, bis die Kinder von Klaus erwachsen waren. Ich erspare euch jetzt all die hässlichen Details, die so eine Betrugssituation mit sich bringt.

Meine eigene Ehe hatte zwischendurch auch mal eine Krise. Ich konnte und wollte für meinen Mann nicht die Hand ins Feuer legen, aber letztendlich sind wir beisammengeblieben. Diese Idealvorstellungen, die man so hat, wenn man heiratet, ist das denn wirklich realistisch? Das fragt man sich in solchen Situationen natürlich. Ich habe oft darüber nachgedacht.

Klaus und Brigitta hielten trotz allem zusammen, wobei Klaus natürlich die Hauptlast trug. Die Liebe war eben stark genug."

Es herrschte betretenes Schweigen. Eigentlich gab es nur Verlierer, so sahen es jetzt alle.

„Das Dumme ist", sprach Klara weiter, „je länger so ein Zustand andauert, umso mehr richtet man sich darin ein, umso größer wird die Angst vor einer doch irgendwann notwendigen Veränderung. Auf diese Weise waren etliche Jahre vergangen, bis dann ein Zufall alles ins Rollen brachte. Klaus hatte sich in einem Anfall von Weinerlichkeit einem Jugendfreund anvertraut, der nichts Eiligeres zu tun hatte, als der Ehefrau einen Hinweis zu geben. Einmal zur Rede gestellt, gab Klaus alles zu. Ich glaube, er war erleichtert, dass es endlich so weit war. Was danach passierte, kann man sich denken, vorstellen kann man es sich nicht. Ich habe das auch nur von Brigitta so gehört.

Es war ein Erdbeben, eine Katastrophe, geradezu ein Weltuntergang. Das Familiengebäude fiel in wenigen Augenblicken in sich zusammen, war nur noch ein Scherbenhaufen. Die Kinder waren zwar schon erwachsen, aber umso stärker legten sie sich ins Zeug. Das Leid der Mutter mitansehen zu müssen war für sie sicher eine entsetzliche Erfahrung. Die beiden Töchter reagierten unterschiedlich. Die eine zog sich zurück und sprach überhaupt nicht mehr mit ihrem Vater, und die andere solidarisierte sich lautstark mit ihrer Mutter und machte Klaus bitterste Vorwürfe. Eine Szene löste die nächste ab. Der Boden, auf dem sie sicher zu stehen meinten, schwankte.

Die Vergangenheit war anders, als man sie in der Erinnerung abgespeichert hatte. Die Familiengeschichte musste in Teilen neu geschrieben werden. Für alle war das eine gigantische Zumutung, denn Klaus war ein guter und verständnisvoller Ehemann gewesen und für die Kinder, die er sehr liebte, ein liebevoller Vater. Niemand hätte ihm das je zugetraut. Natürlich war man der Meinung, dass er zu einem viel früheren Zeitpunkt mit der Wahrheit hätte herausrücken müssen. Klaus war und blieb jedoch der Meinung, dass er seine kleinen Kinder nicht dieser Konfliktsituation aussetzen wollte.

Dazu muss man wissen, dass seine Ehefrau kein einfacher Mensch war. Sie neigte zu hysterischen Ausbrüchen, wenn nicht alles nach ihrem Sinn lief in der Familie. Klaus war von daher immer rücksichtsvoll und sehr zurückhaltend mit ihr umgegangen. Sie legte das einerseits als Zuneigung aus, kritisierte ihn jedoch ständig, weil er ihrer Meinung nach zu wenig Unternehmungsgeist entwickelte, zu ruhig war. Sie waren wie Feuer und Wasser, passten einfach nicht zueinander. Klaus war zu Hause eher melancholisch und in sich gekehrt, während seine Frau ständig neue Krankheiten ausbrütete. Sie sprachen im Prinzip nicht wirklich *mit*einander."

Die anderen hörten gespannt zu, keiner sprach mehr.

„Ich muss noch ein bisschen ausholen, um die Situation von Lena – der Ehefrau – noch näher zu beschreiben.

Wie schon erwähnt, kam sie wie Klaus aus einem problematischen Elternhaus. Sie wollte ihre Idealvorstellung einer Familie verwirklichen und widmete diesem Vorhaben ihre ganze Kraft und Aufmerksamkeit. Die eigene Familie sollte möglichst perfekt ihren Vorstellungen entsprechen. Dafür kämpfte sie, dafür verzichtete sie auf eigene Hobbys und Interessen. Die Familie als Denkmal ihrer selbst. Man kann sich denken, dass diese Erwartungshaltung als großer Druck auf allen lastete. Nicht nur Klaus musste das aushalten, sondern auch die Kinder. Das war Klaus aber nicht so wirklich bewusst. Er überließ Lena weitestgehend das Feld der Erziehung, weil er sowieso nichts recht machen konnte. Vor allem war ihm nicht bewusst, dass er mit seiner ruhigen, zurückhaltenden Art eine Art Rettungsanker für die Kinder darstellte. Er ahnte jedoch instinktiv, dass er die Kinder, als sie klein waren, auf keinen Fall alleine lassen durfte. Es war ihm jedoch nicht klar, dass er auch für seine erwachsenen Kinder noch einen riesigen Stellenwert hatte.

Für die älteste Tochter, die bereits verlobt war, war er immer noch der Held. Jetzt mussten sie den geliebten Vater mit einer fremden Frau teilen, die er offensichtlich mehr liebte als sie. Lena unterstützte diese Sichtweise natürlich nach Kräften. Sie konnten sich alle nicht vorstellen, dass Klaus aus freien Stücken diesen Weg gegangen war.

Es gab hier nur einen Schuldigen, und das war Brigitta. Sie wurde zu einer Art Hexe hochstilisiert, die dank ihrer Verführungskünste diesen Gutmenschen, diesen Klaus, in ihre Fänge bekommen hatte. Und so war und blieb Brigitta das Hassobjekt dieser Familie."

„Ausgerechnet Brigitta, die doch eher ein wahrheitsliebender und aufrichtiger Mensch ist", warf Rosa ein.

„Diese Liebe hat aber einen hohen Preis", meinte Marie leise.

„Wenn man immer alles vorher wüsste", sinnierte Barbara.

Nur Paul sagte wieder nichts. Er starrte vor sich hin.

„Ja", erzählte Klare wieder, „Brigitta war oft sehr deprimiert. Das letzte, was sie wollte, war, eine Familie zerstören. Im Prinzip ist sie auch nicht die Ursache für das alles. Aber eine gewisse Beteiligung ist ihr natürlich nicht abzusprechen.

Was wäre wenn? Diese Frage haben wir oft diskutiert. Wenn sie nein gesagt hätte, von Anfang an. Wenn sie selbst die Ehefrau frühzeitig in Kenntnis gesetzt hätte. Wenn sie das Verhältnis auf ewig beibehalten hätte. Letztendlich muss man sich für etwas entscheiden und für die Folgen dieser Entscheidung auch geradestehen. Es gibt in solchen Fällen keine Erfahrungswerte, weil man natürlich die Reaktion der anderen Beteiligten nicht vorhersehen kann.

Kurz und gut, die Ehe von Klaus wurde irgendwann geschieden, alle machten eine umfangreiche Familientherapie und begannen, sich in die veränderte Situation hineinzufinden. Klaus besuchte regelmäßig seine Töchter, die beide sehr unterschiedlich umgingen mit dieser Geschichte. Die jüngere zog in eine andere Stadt, machte dort ihre Ausbildung und heiratete. Sie hat eine distanzierte, aber verständnisvolle Beziehung zu Klaus und Brigitta. Die ältere hat sich mit der Mutter solidarisiert und hält die Schuldgefühle von Klaus am Köcheln. Er besucht sie und ihre Familie regelmäßig. Zu Brigitta besteht kein Kontakt."

„Und Brigitta ist und bleibt die Böse?", fragte Marie vorsichtig.

Keiner sprach zunächst.

Paul räusperte sich und meinte dann: „Dazu möchte ich gerne etwas sagen."

Die anderen blickten ihn überrascht an.

„Einer hat immer den Schwarzen Peter. Wenn man die Wahrheit nicht sehen möchte, dann braucht man eben einen Schuldigen. Brigitta eignet sich hierfür hervorragend. Die Familie ist zumindest optisch immer mal wieder vereint, weil Brigitta ausgeschlossen wird. Das nährt im Übrigen auch die Illusion, dass die Familie noch bestehen würde, wenn es Brigitta gar nicht gäbe. Klaus hängt dazwischen. Er möchte seinen Töchtern etwas geben, ihnen zeigen, dass er sie dennoch liebt. Ich weiß, dass es so ist, weil ich dasselbe erlebt habe.

Meine verstorbene Frau – Else – war unglücklich verheiratet und fand in mir die Rettung. Natürlich waren wir verliebt, und sie war auch zunächst dankbar für alles. Aber nach einer Weile wendete sich das Blatt wieder. Eine neue Beziehung ist eben nicht nur das reine Glück, auch hier gibt's manchmal Probleme. Und die frühere Familie ist auch nicht nur ein Hort des Unglücks, sondern es gibt auch schöne Erinnerungen. Die Zeit sorgt dafür, dass die schlechten Tage mehr und mehr in Vergessenheit geraten und die guten Erinnerungen wieder mehr in den Vordergrund rücken. Das ist alles menschlich, aber ich musste das auch erst lernen.

Für mich war diese Erkenntnis eine bittere Pille, zumal wir keine eigenen Kinder hatten und Elses Kinder, die damals beim Vater geblieben waren, mich abgrundtief hassen. Ich wurde ebenfalls ausgeschlossen und bin der allein Schuldige in den Augen der anderen. Else selbst – und so wird es bei Klaus auch sein – war froh, wenigstens ab und zu ihre Kinder sehen zu können und nahm meinen Kummer darüber in Kauf.

Was mich allerdings etwas verbitterte, war die Tatsache, dass sie nicht sehen wollte, dass ich überhaupt einen Grund für Kummer haben könnte. Ihrer Meinung nach sollte ich doch glücklich und dankbar sein, weil sie so viel für mich aufgegeben hatte. In manchen Dingen bleibt man eben ziemlich alleine und man lernt, damit zurechtzukommen. In der Summe sollte es dann für einen stimmen."

Jetzt herrschte betretenes Schweigen. Selbst Barbara, die immer eine moralinsaure Bemerkung auf Lager hatte, war still geworden.

„Wer ohne Schuld ist, werfe den ersten Stein", sagte Rosa in die Stille hinein.

Dass auch Paul hierzu etwas beitragen konnte, erschütterte alle. Sie kannten ihn als empfindsamen und musischen Menschen, der lieber nichts sagte, als jemanden unabsichtlich zu verletzen. Sicher wollte er Else damals helfen und war dadurch Mitverursacher eines Familiendesasters geworden.

„Ich würde jetzt auch gerne etwas sagen", sprach Barbara plötzlich leise. Die anderen blickten sie erstaunt an.

„Ihr werdet es nicht glauben, aber ich hatte auch einmal eine Affäre. Meine Ehe steckte in einer schweren Krise, und Manfred war für mich die Rettung. Natürlich hatte ich ein schlechtes Gewissen, ist doch immer so. Aber die Gefühle waren stärker, und ich hatte eine riesige Sehnsucht nach Glück und Geborgenheit. Fast wäre es zur Trennung gekommen, ich war bereits aus der gemeinsamen Wohnung ausgezogen. Mein Mann hat mich damals um Verzeihung gebeten dafür, dass er mich vernachlässigt hatte, rüde mit mir umgegangen ist, meine Tränen nicht hatte sehen wollen. Ich erinnerte mich an das Versprechen, dass ich ihm einmal gegeben hatte: … *In guten und in schlechten Tagen.* Wir hatten zwar keine Kinder, aber ich fühlte mich trotzdem verpflichtet, zu meinen Worten von damals zu stehen. Kurz und gut, ich habe mit Manfred Schluss gemacht und bin wieder zu meinem Mann zurückgekehrt. Es ist schon lange her, und mein Mann lebt auch nicht mehr, darum kann ich heute darüber sprechen."

„Und hast du es bereut?", fragte Marie.

Barbara antwortete zunächst nicht. Alle merkten, wie nahe ihr die Geschichte selbst heute noch ging. „Es war so", sagte sie schließlich, „Manfred zog fort in eine andere Stadt, wir haben uns nicht mehr gesehen oder gesprochen. Ich sehe heute noch sein Gesicht vor mir, als ich ihm meinen Entschluss mitteilte. Die Trauer, das Entsetzen, die Verzweiflung. ,Aber du bist doch mein ein und alles', mehr sagte er nicht. Mehr konnte er in diesem Moment nicht sagen. ,Bitte geh jetzt' – das waren seine allerletzten Worte.

Ich ging voller Scham und Schuld, fühlte mich als Verräterin."

Barbaras stimme brach ab. Sie hatte Tränen in den Augen. Marie legte ihr den Arm um die Schultern und sagte: „Nicht doch, lass das nicht so an dich ran. Es ist doch schon so lange her."

„Meine Schuld wird nie vergehen!", brach es aus Barbara heraus. „Jahre später erfuhr ich, dass sich Manfred umgebracht hatte. Es war wohl kurz nach unserer Trennung. Meinem Mann habe ich nichts gesagt, ich habe das ganz tief in mir verschlossen. Seit dieser Zeit kann ich nicht mehr fröhlich und unbeschwert sein."

Paul sah Barbara lange an und sagte dann: „Man ist nicht für alles verantwortlich, was andere Menschen entscheiden, auch wenn sie ohne unser Dazutun anders entschieden hätten. Du hast damals nach bestem Wissen und Gewissen gehandelt. Dir war klar, dass dein Entschluss Manfred sehr schmerzen würde. Du hast sicher nicht verantwortungslos gehandelt, als du zu deinem Mann zurückgekehrt bist. Du fühltest dich deinem Wort mehr verpflichtet als deinem Herzen. Manfred hätte das auch respektieren können. Es ist seine persönliche Entscheidung, dass er den Freitod gewählt hat und dafür ist letztendlich nur er verantwortlich."

Die anderen pflichteten Paul bei und Barbara meinte, dass es sie sehr erleichtert hätte, dies alles einmal aussprechen zu können. Sie würde sich auch Pauls Worte nochmal durch den Kopf gehen lassen.

„Ich glaube, dass wir an dieser Stelle aufhören sollten", schlug Klara vor. „Ich erzähle euch das nächste Mal die

Geschichte zu Ende. Das Ende ist versöhnlich. Ich telefoniere auch nochmal mit Brigitta, um euch ganz aktuell ihre Sichtweise von heute mitteilen zu können."

Und so machten sie es dann. Jeder von ihnen ging in sehr nachdenklicher Stimmung nach Hause. Es war ihnen wieder einmal bewusst geworden, dass jedes Leben seine Höhen und Tiefen hatte. Jeder hatte seine Erfahrungen mit Leid und Schuld gemacht. Am Ende sollte man sich mit allem aussöhnen, es ließ sich ja auch nichts mehr rückgängig machen, war die einhellige Meinung. Jeder benötigte auch Zeit, um sich alles nochmal zu überlegen, um dem eigenen Leben ein wenig hinterher zu sinnieren. Sie sahen sich nach drei Wochen wieder. Die Stimmung war nach wie vor etwas gedrückt, denn bei dieser Geschichte standen bisher eher die Probleme im Vordergrund.

„Jetzt sind wir also alle wieder beieinander!", eröffnete Klara die Runde und lachte etwas verschmitzt. „Da hatte wohl jeder von uns einiges dran zu knabbern. Wie geht's euch denn?"

„Wisst ihr", begann Marie, „ich habe irgendwie immer auf den Prinzen gewartet, der auf einem weißen Pferd angeritten kommt, mich in den Sattel hebt und auf sein Schloss entführt, damit wir dort für immer glücklich sein würden. Ich konnte mich von diesem Jungmädchentraum nie wirklich verabschieden und habe im Fernsehen immer diese Schnulzen angesehen. Ich habe damit meinem Ferdi ein bisschen Unrecht getan, der mich doch von Herzen geliebt hat und mir manchen Kummer ersparte, den ich von euch gehört habe. Ich glaube, ich bin da ein wenig undankbar gewesen."

„Mir geht es jetzt viel besser", sagte Barbara, „ich konnte tatsächlich mit der Vergangenheit abschließen. Das Gespräch mit euch hat mir sehr gutgetan. Es ist schon richtig: Es gibt nun mal tragische Verstrickungen, ohne dass man dafür einen allein Schuldigen benennen könnte. Man geht oft so blind in eine Sache rein, ohne darüber nachzudenken, wie sie enden könnte."

Rosa blickte die anderen an und meinte dann: „Ich bin der eher nüchterne Typ. Ich hatte immer viele Interessen und Hobbys, viele Freunde und Bekannte, eine interessante Arbeit. Die Beziehung zu einem Mann hätte mir zu viel abverlangt, das war immer meine Meinung. Vielleicht habe ich auch nicht den passenden Mann kennengelernt. Alles hat eben seinen Preis, das ist mir jetzt wieder klar geworden. Das Liebesglück ist mir zwar versagt geblieben, aber eben der Liebeskummer auch. Am Ende zählt, ob man mit seinem Leben einverstanden ist oder nicht. Das reine Glück, von dem wir alle mal in unserer Jugend geträumt haben, gibt es, glaube ich, nicht. Ich bin jedenfalls ganz zufrieden. Man kann nicht alles haben."

Klara nickte: „Ja, so sehe ich das auch. Man muss, wenn man zurückschaut, das Gefühl haben, dass das Leben alles in allem eine runde Sache war. Das eine ist eben gelungen und das andere eher weniger. Ich war mal sehr sportlich und habe intensiv Tennis gespielt. Ich wollte ganz nach oben kommen, aber es hat nicht dafür gereicht. Ich war maßlos enttäuscht damals und hängte den Sport komplett an den Nagel. Im Nachhinein fand ich es gut, dass ich irgendwann mal alles gegeben hatte, um alles erreichen zu wollen und dabei meine Grenzen kennengelernt habe. Diese Erfahrung hat mir immer geholfen. Ich konnte mit

Enttäuschungen seither gut umgehen.

Aber jetzt erzähle ich euch, wie es mit Brigitta und Klaus weiterging. Wir haben aufgehört, als Brigitta diese berühmte Karte in die Hand bekam und nicht mehr loswurde. Sie war empört und wütend und machte Klaus einige Szenen. Sie fand es sehr ungerecht, dass sie jetzt an allem schuld sein sollte. Aber es half nichts. Klaus betreute seine Familie und hielt auch an Brigitta fest. Er blieb von ihrer Enttäuschung relativ unberührt.

Brigitta machte besonders zu schaffen, dass sich Klaus in gewisser Hinsicht von seiner älteren Tochter beeinflussen ließ. Es entlastete ihn natürlich, nicht der alleinige Verursacher des Familiendebakels zu sein. Hatte ihm Brigitta nicht doch schöne Augen gemacht? Wollte sie nicht doch wieder einen Partner nach dem Tod ihres Ehemannes und hatte ihn deshalb becirct?

Immer, wenn er von seinen Besuchen zurückkam, gab es deshalb Auseinandersetzungen, und Klaus benötigte einige Zeit um sich wieder bei Brigitta einzufinden. Klaus belastete sozusagen seine neue Beziehung mit den Schuldgefühlen gegenüber der alten Beziehung. Eine weniger starke Frau als Brigitta hätte ihm vermutlich alles vor die Füße geworfen und endgültig Schluss gemacht, oder sie wäre depressiv geworden, oder sie hätte ihrerseits angefangen gegen die Familie von Klaus zu keifen und zu intrigieren. Es gibt da einige Möglichkeiten, sich zur Wehr zu setzen. Einfach nur aushalten und so tun, als wenn nichts wäre, kann in solchen Fällen wohl niemand.

Brigitta kam hier an ihre Grenzen, aber sie wäre nicht sie selbst gewesen, wenn sie nicht fieberhaft nach einer

Lösung für sich gesucht hätte. Klaus nahm sich seine Frei-
räume, dann hatte sie aber auch welche. Das war wohl ihre
Strategie. Sie ließ Klaus weiterhin seine Schuldgefühle ab-
tragen und entwickelte neben ihm ganz langsam ein Eigen-
leben, das ohne ihn stattfand. Sie machte bei der örtlichen
Laufgruppe mit, nahm ihr Geigenspiel wieder auf, trat dem
Bund für Naturschutz bei und war sehr aktiv in der Orts-
gruppe tätig, hatte neue Bekannte, mit denen sie öfters was
unternahm. Sie machte sogar Städtereisen und besuchte
Abendveranstaltungen – alles ohne Klaus.

Plötzlich konnte sie loslassen und Klaus konnte seine
Familie besuchen, wann immer er wollte. Sie saß jedenfalls
nicht zu Hause und fühlte sich ausgeschlossen. Sie spürte
auch, dass es ihr plötzlich egal war, was die Familie von
Klaus über sie dachte. Die kannte sie ja gar nicht. Sie proji-
zierte nur ihren Zorn über diese von ihr nicht gewollte Situation auf sie. Was hatte das eigentlich mit ihr zu tun?

Die Beziehung zu Klaus entspannte sich zusehends,
weil Brigitta ihn lassen konnte. Andererseits konnte ihr
Klaus nichts in den Weg legen. Er musste froh sein, dass
Brigitta eine für sie akzeptable Möglichkeit gefunden hatte,
mit dieser schwierigen Situation zurechtzukommen.

Zunächst hatten Brigittas Aktivitäten etwas Trotziges
und Verkrampftes. Aber nach einer Weile genoss sie ihre
Freiheit in vollen Zügen. Sagen wir so, beide haben das
Beste aus ihrer Lage gemacht. Lena wurde von Klaus sehr
großzügig abgefunden. Ihr Lebensmittelpunkt blieb die Familie, sogar von Fall zu Fall mit ihrem Ex. Die Töchter hatten immer Zugang zu ihrem Vater, und bei Familienfeiern
waren sie alle unter sich. Vielleicht sahen sie sich sogar

öfters als so manche ‚intakte' Familie. Brigitta war froh, dass sie nicht dabei sein musste. Sie sagte mir einmal ihr reiche ihr eigenes ‚Familiengedöns', wie sie es nannte.

Mehr kann ich euch nicht erzählen, als dass es letztendlich ein versöhnliches Ende war. Es gibt keine Gewinner, aber auch keine Verlierer. Vielleicht kann man einfach nicht mehr erwarten in solchen Situationen. Möglicherweise ist Klaus der Glücklichste von allen, weil er seine große Liebe bekommen hatte und auch seiner Familie einigermaßen gerecht werden konnte. Er hatte aber auch den höchsten Preis bezahlt und musste ganz schön Federn lassen, im Übrigen auch finanziell. So eine Geschichte ist eigentlich nie zu Ende. Beiden geht es übrigens gut. Sie machen viele Reisen und genießen ihre Zweisamkeit.

Wie versprochen, habe ich mit Brigitta telefoniert und ihr von unserer Gruppe erzählt. Und wie zu erwarten war, hat sie sich sehr gewundert, dass es da überhaupt so viel zu sagen gab. Dann hat sie sich über euer Interesse sehr gefreut. Sie hat mich gebeten, euch noch etwas mit auf den Weg zu geben, was ihr wohl sehr am Herzen liegt. Hier ist es:

Wenn einen die trüben Gedanken einholen und nicht mehr weichen wollen – als da sind: sich nicht ausreichend wertgeschätzt fühlen, nicht richtig wahrgenommen werden – nämlich so, wie man es sich wünscht – sich ausgeschlossen fühlen, dann hat mir immer etwas geholfen, was ich euch gerne sagen möchte. Man sollte etwas Gutes in die Welt hineingeben. Es muss nichts Großes und Bedeutendes sein, es genügt eine gute, ehrlich gemeinte Geste. Jemanden anrufen und sich nach dessen Befinden erkunden, einen Nachbarn freundlich grüßen, eventuell ein Gespräch anbieten, eine darbende Pflanze umtopfen,

einer Verkäuferin den Betrag aufrunden – es gibt viele Möglichkeiten.
Ich habe mir einen ganzen Strauß an Möglichkeiten zusammengetra-
gen, es findet sich dann immer etwas Passendes, wenn ich es brauche.
Ich bin auch ehrenamtlich bei der Jugendhilfe tätig. Glaubt mir, es
gibt viel Schlimmeres – und zwar in der nächsten Umgebung - als das
eigene, geknickte Ego."

Nachdem Klara geendet hatte saßen alle zunächst versonnen und schweigsam da. Paul ergriff als erster das Wort.

„Das war wirklich eine ganz wunderbare Geschichte.
Sie ist wahr und echt. Ich konnte die Gefühle aller Beteilig-
ter nachvollziehen und ihre Lage verstehen. Die Leistung
von Klaus, über Jahrzehnte hinweg trotz allem zu seiner
Familie zu halten, ist nicht hoch genug einzuschätzen. Aber
auch Brigitta hat ihren Teil dazu beigetragen, dass am Ende
das Positive überwiegt. Man kann sich von seiner Eigenver-
antwortlichkeit nicht befreien. Was ist schon Schuld? Wenn
man sich bemüht, den Schaden, den man absichtlich oder
unabsichtlich angerichtet hat, wiedergutzumachen, wenn es
einem leidtut, dann kann man doch manches wieder zum
Guten wenden. Natürlich müssen sich alle bewegen. Wer
im Hass, in den negativen Gefühlen und in der Rechthaberei steckenbleibt, schadet sich doch nur selbst und verzichtet auf die Chance einer Weiterentwicklung. Rein moralische Gesichtspunkte halte ich bei der Beurteilung solcher
Ereignisse, die das Leben von vielen auf den Kopf stellen,
für zu kurz gegriffen. Moralisch betrachtet hätte Klaus bei
seiner Frau bleiben müssen. Er wäre vermutlich unglücklich geworden. Er hat auch nur *ein* Leben wie jeder andere
und möchte es nicht leidvoll verbringen. Sind diejenigen,
die sich hier als Richter aufspielen, denn im Ernstfall bereit
auf Glück zu verzichten? Es geht doch darum, notwendige

Veränderungen herbeizuführen und Leid dabei soweit wie möglich zu vermeiden oder auch wiedergutzumachen."

„Nachher ist man immer klüger", meinte Barbara, „hätte ich Manfred nicht kennengelernt, hätte ich mich sicher irgendwann scheiden lassen. Dass er sich aus Kummer selbst getötet hat, war für mich nicht vorhersehbar. Wenn es mich auch immer noch traurig macht und mir von Herzen leidtut für ihn, ich fühle mich jetzt nicht mehr schuldig."

„Wisst ihr, was mir gerade eingefallen ist, während wir uns unsere Geschichten erzählt haben?", fragte Rosa nachdenklich in die Runde. „Während wir hier zusammensitzen und über Vergangenes reden, entstehen wieder neue Storys, die auch wiedererzählt werden können. Das Leben der Menschen von Beginn an ist eine Folge von Geschichten, die sie alle selbst schreiben. Jede ist anders, und doch handeln sie alle von unseren tiefsten Träumen, Gefühlen und Wünschen. Man kann das menschliche Leben auch mal von dieser Warte aus betrachten. Es ist so viel schöner und spannender als jede Art von Fiktion."

„Und wichtiger für uns als so manche sogenannte Wichtigkeit dieser Welt", fügte Klara hinzu. „Wenn ich zurückdenke, fallen mir meine Lebensgeschichten ein. Das ist mein Leben. Welche Zinsen es damals auf Sparguthaben gab und welches Auto ich wann gefahren habe, ist zwar nicht ganz unwichtig, aber auf der Liste der Wichtigkeiten rangieren diese Dinge ziemlich weit unten."

Diese Geschichte erschütterte Paula und ließ sie ratlos zurück. Hatte ihre Mutter denn ein Verhältnis gehabt? Das wäre ganz gegen ihre sonstigen Überzeugungen gewesen.

Womöglich spielte sich diese Geschichte in ihrem Bekanntenkreis ab, und ihre Mutter hatte die Rolle von Brigitta übernommen, oder vielleicht auch von Klara, der Erzählerin? Zuzutrauen wäre ihr das schon, fand Paula. Zumindest hätte sich ihre Mutter wie Brigitta verhalten können: niemals aufgeben, immer nach Lösungen suchen – so war sie gewesen. Plötzlich fiel ihr eine Begebenheit ein, die sie glaubte vergessen zu haben.

Sie war fünfzehn Jahre alt und wollte ins Wohnzimmer gehen. Da hörte sie ihre Eltern relativ laut debattieren. Sie bekamen gar nicht mit, dass sie die Türe öffnete. „Dann hättest du doch diesen Robert geheiratet", hörte sie ihren Vater mit einem verletzten Unterton sagen. Ihre Mutter antwortete darauf etwas leiser: „Aber ich wollte dich, weil ich dich geliebt habe. Robert hat mir nichts bedeutet."

Paula hatte damals leise die Türe geschlossen und war wieder in ihr Zimmer gegangen. Da gab's wohl einen Robert. Vielleicht war er dieser Klaus gewesen?

Paula fand, dass diese Liebesgeschichte sehr authentisch war, und vielleicht hatte sie sich ja tatsächlich so in etwa abgespielt. Diese Einbettung in einen Erzählerkreis gefiel Paula sehr gut. Ihre Mutter hatte wirklich Talent! Irgendwie schade, dass sie nichts daraus gemacht hatte. Dann fiel ihr wieder ein, dass sie die Texte ihrer Mutter nie hatte lesen wollen. Das war die Retourkutsche gewesen für die vermeintlichen Verletzungen, die ihr die Mutter zugefügt hatte. Vielleicht hätte sie etwas Ermutigung oder Bestätigung benötigt von ihr?

Ihre Verletzlichkeit hatte sie nie preisgegeben. Sie hatte immer nur geschwiegen, wenn sie sich getroffen gefühlt hatte und dieses Thema nicht mehr erwähnt. Es war ihre Art gewesen, damit umzugehen. Empfindlichkeiten zuzugeben war für sie Schwäche und die gestand sie sich nicht zu. Sie erzählte einmal, dass sie sich sehr an ihrem Vater orientiert hätte diesbezüglich. Er war ein Kriegsheimkehrer, für den nur das Überleben gezählt hatte. Gefühle konnte er sich damals nicht leisten in seiner Lage. Auch später fiel es ihm schwer, Emotionen zuzulassen, obwohl Paula ihren Großvater als empathischen Menschen in Erinnerung hatte, der jedoch bereits starb, als sie gerade zehn Jahre alt war.

Paula wurde nachdenklich. Der Krieg lag so lange zurück, und sie zählte bereits zur Enkelgeneration. Trotzdem war er immer noch spürbar, und wenn es nur ihre Reaktion auf die emotionale Kargheit ihrer Mutter war.

Sie benötigte einige Zeit, um mit der Geschichte von Brigitta und Klaus zurechtzukommen. Nach landläufiger Meinung basierte das Glück der beiden auf dem Unglück von anderen. Aber war es wirklich so einfach? Sie wusste, dass ihr Friedrich mit der anderen Frau glücklich geworden war und Kinder hatte. Sie – Paula – war zurückgeblieben, hatte keinen Partner mehr gefunden – musste er sich schuldig fühlen? War er dafür verantwortlich? Wenn sie so denken würde – aber sie dachte nicht so – würde sie es sich sehr einfach machen. Die verlassene Ehefrau war per se im Recht. Da fragte man nicht mehr nach Ursachen. Aber wäre diese Haltung denn sinnvoll? Sie wäre eine Art Opferhaltung gewesen, die irgendwann keinen mehr interessiert hätte und die nur ihrer seelischen Gesundheit abträglich gewesen wäre. Da hatte sie sicher etwas von ihrer Mutter geerbt.

Paula hatte nach ihrer Scheidung ihr Leben nach eigenem Gutdünken gestaltet, die Schuldfrage hatte sie nicht wirklich interessiert. Es hatte eben nicht gepasst. Das Schwierige war, dass man, wenn man auf Pauschalurteile verzichtete, sehr schnell im Urwald menschlicher Gefühle steckte und dabei die Orientierung verlor für richtig und falsch.

Brigitta und Klaus hatten zwar egoistisch gehandelt, aber sie hatten zumindest redlich versucht, den Schaden wiedergutzumachen, und das war anerkennenswert. Der Betrug wog natürlich schwer, aber da waren wieder die Kinder. Ob die beiden aus heutiger Sicht nochmal alles genauso machen würden? Man sollte sie fragen können. Paula beschloss an dieser Stelle, es dabei bewenden zu lassen.

Sie war jetzt neugierig auf die nächste Geschichte. Welchem Thema sich ihre Mutter wohl gewidmet hatte? Die Geschichte trug den etwas kryptischen Titel: Im Irrgarten des Menschlichen.

Im Irrgarten des Menschlichen

Johanna Maier fuhr wie jeden Tag mit ihrem PKW zur Arbeit und parkte auf einem nicht ausgewiesenen Parkplatz, der aus genau diesem Grund immer frei war. Ihrem Chef missfiel diese Haltung, denn er wollte, dass dort aus optischen Gründen niemand parkte, und er hatte sie auch schon einmal darauf angesprochen. Aber Johanna beschloss, dies zu ignorieren. Es gab ja kein ausdrückliches Parkverbot, und wenn sich ihre Kollegen an die Vorgaben ihres Chefs hielten, dann war das deren Sache. Der Parkplatz hatte den Vorteil – außer, dass er immer frei war – dass er relativ nahe an dem Bürogebäude lag, in dem Johanna arbeitete. Sie kam immer später als die meisten zur Arbeit und hätte von daher weit entfernt parken müssen. Sie nahm sich dieses Privileg des nahen Parkens einfach, was ihr nicht nur ihr Chef, sondern auch einige der Kollegen übelnahmen.

Aber so war Johanna: Sie kümmerte sich einfach nicht darum. Wenn die anderen daraufhin reserviert mit ihr umgingen, dann war es ihr gerade recht. Sie demonstrierte damit Unabhängigkeit, und das war ihr etwas wert.

Nachdem sie das Auto abgestellt hatte, erklomm sie die Treppe zum Bürogebäude, hielt ihre Zeitkarte an den Automaten, schaute kurz ins Geschäftszimmer der Verwaltung und sagte Guten Morgen zu den Schreibkräften. Dann begab sie sich in den ersten Stock, wo ihr Büro lag. Es war kurz vor acht Uhr und ihr Arbeitstag begann. Als

Abteilungsleiterin hatte sie ein schönes Büro für sich allein, was sie sehr schätzte. Sie hatte zwar nur zwei Mitarbeiter, aber ein großes Dienstgebiet für ihren Spezialbereich und die alleinige Verantwortung dafür. Im weiteren Sinn war sie mit der Planung und Bauausführung von Spezialgebäuden beschäftigt. Sie achtete dabei auf die rechtliche Situation sowie auf Zweckmäßigkeit und Wirtschaftlichkeit der Baumaßnahme. Deshalb hatte sie auch viele Vor-Ort-Termine und war häufig dienstlich unterwegs. Sie liebte ihre Tätigkeit, weil sie abwechslungsreich und menschenbezogen war.

Ihr Fachwissen war gefragt, und das machte sie stolz und zufrieden. Am liebsten arbeitete sie alleine, aber dafür war der Arbeitsanfall zu groß. Als Mitarbeiter stellte sie sich gerne jemanden vor, der selbständig und eigenverantwortlich handelte und nur zu ihr kam, wenn Fragen zu klären waren. Sie hasste es, zu kontrollieren und zu kritisieren. Ständig loben und jemandem auf die Schulter klopfen, wollte sie auch nicht. Ihre Rückmeldungen an die Mitarbeiter waren somit ziemlich spärlich. Ihr war natürlich klar, dass ihre Einstellung nicht für alle zufriedenstellend war, aber sie dachte gar nicht daran, sich zu ändern.

Als sie sich an den Schreibtisch setzte und den Computer hochfuhr, sah sie, dass das Telefon blinkte. Das bedeutete, dass heute bereits ein Anruf erfolgt war. Als sie auf das Display schaute, um die Nummer festzustellen, stöhnte sie hörbar auf. Der schon wieder, dachte sie. Kaum war ihr Mitarbeiter, Herr Hansen, im Büro, schon rief er sie an. Vermutlich handelte es sich nur um eine Nichtigkeit: ob er heute früher gehen könne, ob sie sein Beratungsprotokoll durchlesen könnte, ob sie einen Blick auf seine Planung werfen könnte, ob er später vorbeikommen könne ... Johanna hatte wenig Geduld für dieses ihrer Meinung nach unselbständige Verhalten. Warum machte er nicht einfach seine Arbeit, für die er bezahlt wurde, und im Übrigen auch verantwortlich war? Aber das wollte er nicht. Er wollte sich immer absichern und rückversichern. Wenn sie dann bei manchen Planungen sagte, dass sie einige Dinge anders sehen würde, wurde er unnachgiebig und beharrte auf seiner Fachmeinung. Dadurch entstanden ermüdende, zeitaufwändige Debatten, die vonseiten Herrn Hansen mit großem Engagement und einer gewissen Hitzigkeit geführt wurden.

Das Ergebnis war immer das Gleiche: Er war nicht bereit etwas zu ändern, sondern meinte, dass Johanna doch gleich die ganze Angelegenheit übernehmen solle. Sie war dieser Sache so leid gewesen, dass sie es am liebsten gesehen hätte, dass Herr Hansen woandershin versetzt würde. Aber das war nicht möglich. Johanna hatte deswegen auch schon öfter bei ihrem Chef vorgesprochen. „Es sind doch nur noch fünf Jahre bis zu seinem Ruhestand!", hatte dieser einmal aufmunternd zu ihr gesagt. „Fünf lange Jahre und eines schlimmer als das andere", hatte Johanna damals geantwortet. Ihr Chef – Herr Gerster – hatte daraufhin mit den Schultern gezuckt und ihr seinerseits sein Leid geklagt über seine Personalprobleme. Man gönnte sich gegenseitig seine Probleme. Keinem sollte es gut gehen, das war der gemeinsame Konsens. Johanna hatte auch diese Gespräche mit ihrem Chef satt. Sie führten zu nichts, er konnte ihr auch nicht helfen.

Es war nicht immer so gewesen. Herr Hansen war als sogenannter Seiteneinsteiger zu dieser Behörde gekommen.

Er hatte die Meisterprüfung bestanden, einige Verwaltungslehrgänge besucht und wurde wegen seines Spezialwissens zunächst sehr geschätzt. Johanna hatte die Leitung des Sachgebiets erst später übernommen. Sie war damals, während ihrer Einarbeitungszeit, sehr froh gewesen, so einen kompetenten Mitarbeiter wie Herrn Hansen zu haben. Dieser sah sich als ihre rechte Hand und ließ ab und zu durchblicken, dass er sich deshalb unterbezahlt fühle.

Vielleicht hatte Johanna damals den Fehler begangen, die Hierarchien zu wenig zu beachten. Im Nachhinein war sie sogar überzeugt, dass es so war. Sie war die Chefin, sie hatte die letzte Verantwortung, sie entschied über Fördermaßnahmen, und sie war auch eine gefragte Referentin bei Fortbildungsmaßnahmen. Aus kollegialen Gründen hatte sie das gegenüber Herrn Hansen vielleicht zu wenig deutlich gemacht. In kurzer Zeit hatte sie sich in ihr Fachgebiet eingearbeitet und galt schnell als Expertin. Meinungsverschiedenheiten zwischen ihr und Hansen nahmen im Laufe der Zeit zu. Er reagierte darauf, wie oben bereits angedeutet und begann, sich zurückzuziehen. Manchmal hielt er Johanna wichtige Informationen vor. Er machte Bemerkungen gegenüber von Kollegen, aber auch vor Ort bei den Kunden, dass Johanna ihn jetzt, nachdem er sie quasi ausgebildet hatte, fallen ließ und ihn nicht mehr so wertschätzte wie früher.

Diese Mitleidstour verfehlte ihre Wirkung nicht, zumal man doch gerne etwas Negatives über ‚die da oben‘ hörte. Johanna wurden diese unschönen Dinge wiederum zugetragen. Sie stellte Herrn Hansen dann zur Rede, mit der immer gleichen Reaktion: Er leugnete alles, fing an, sich hysterisch zu verteidigen und wollte wissen, wer ihn denn da verleumdete. In der Folge verzichtete Johanna auf derlei Gespräche und versuchte, sich nicht zu ärgern. Das Verhältnis wurde kühl und sachlich, die Kontakte beschränkten sich auf das Notwendigste. Nach außen wurde allerdings die kollegiale Fassade aufrechterhalten.

Eines Tages sah Johanna einen Silberstreifen am Horizont. Sie bekam eine weitere Fachkraft hinzu, die ganz dem entsprach, was sich Johanna unter einer Mitarbeiterin vorstellte. Sie kam frisch von der Ausbildung, war fachlich bestens aufgestellt, arbeitete konzentriert und schnell und war froh, dass ihr Johanna genug Freiraum ließ, um sich entfalten zu können.

Für Herrn Hansen war diese Entwicklung allerdings eine traumatische Erfahrung. Ein kesses, junges Mädchen wurde ihm jetzt vorgezogen. Er reagierte weinerlich und war maßlos eifersüchtig. Seine Arbeitsleistung ließ rapide nach. Obwohl er regelmäßig Fortbildungsmaßnahmen besuchte, setzte er neuere Entwicklungen nicht mehr um. Seine Beratungen waren in vielerlei Hinsicht antiquiert, und es kam zu Beschwerden seitens der Kundschaft. Johanna reagierte darauf mit Kritik an seiner Arbeit. Die Lage begann sich allmählich zuzuspitzen.

Da fing Herr Hansen plötzlich an, sich in diverse Krankheiten zu flüchten. Vor allem seine Gelenke schmerzten jetzt immer öfter. Wenn er morgens kam, humpelte er manchmal, oder er hatte einen Unterarm geschient. Er benötigte einen speziellen Bürostuhl wegen seines Rückens, und auch die Knie wollten nicht mehr so recht funktionieren. Dies führte krankheitsbedingt immer wieder zu längeren Ausfallzeiten. Herr Hansen wurde nicht mehr oft gesehen. Selbst Johanna als direkte Vorgesetzte hatte die Übersicht verloren, ob er zu Hause war oder zu einer Reha-Maßnahme oder im Krankenhaus zur Feststellung von Ursachen.

Nachdem die Zusammenarbeit mit der neuen Mitarbeiterin jedoch reibungslos funktionierte, konnte der Arbeitsanfall gut bewältigt werden, und die Abwesenheit Herrn Hansens stellte zumindest arbeitstechnisch kein Problem dar.

Aber eines Tages trat ein Ereignis ein, das Johanna immer schon befürchtet hatte. Ihre Mitarbeiterin wurde schwanger, und ein halbes Jahr später war sie wieder alleine mit Herrn Hansen. Er begann, sich für die Zeit des zurückgesetzt Werdens bitter zu rächen. Er kostete noch mehr Zeit und Kraft, wenn er da war – und jetzt war er wieder häufiger zugegen – und arbeitete verstärkt gegen Johanna. Obwohl sie wusste, dass es nicht viel bringen würde, sprach sie erneut bei ihrem Chef vor. Es war wirklich alles sehr schlimm.

„Sie müssen ihn eben ein bisschen hofieren", meinte Herr Gerster, „sagen Sie ihm doch, dass Sie seine Arbeit schätzen, dass es Ihnen leidtut, dass es zu dieser Konkurrenzsituation mit Ihrer Mitarbeiterin gekommen ist und Sie einen Neubeginn in Ihrer Zusammenarbeit wünschen."

Johanna war sprachlos.

„So ist das eben", fuhr Herr Gerster fort, „wenn Sie ein angenehmes Miteinander wollen, dann müssen Sie über Ihren Schatten springen. Geben Sie ihm Aufgaben, mit denen er sich beweisen kann, etwas, das seine Fachkompetenz fordert."

„Ich werde es versuchen", sagte Johanna resigniert, wohl wissend, dass alles vergebliche Liebesmüh sein würde.

Zwischenzeitlich waren es nur noch drei Jahre, die sie bis zu Herrn Hansens Ruhestand aushalten musste, aber selbst diese Zeitspanne kam ihr unerträglich lange vor. Sie hatte niemanden, der auf ihrer Seite war. Herr Hansen hatte mit seiner Larmoyanz überall offene Türen vorgefunden. War es denn nicht so, dass Johanna aufgrund ihres Ehrgeizes über Leichen ging? War es nicht so, dass sie sich gerne mit anderen anlegte, wenn sie recht haben wollte? Hatte Herr Hansen ihr nicht in selbstloser Weise geholfen am Beginn ihrer Karriere? Hatte sie nicht, als sie sich sattelfest genug fühlte, Herrn Hansen eiskalt beiseitegestellt, ihm seine Unterstützung in keiner Weise gedankt? Hatte sie nicht diese willfährige Mitarbeiterin vorgezogen, um ihm eins auszuwischen?

Selbst ihr Chef ging auf Distanz zu Johanna. Da wird schon etwas dran sein, dachte er sich wohl. Jetzt rächte es sich, dass sie mit ihrer Rechthaberei - wie zum Beispiel beim Parken - sowohl manchen Kollegen als auch ihren Chef vergrault hatte.

Dies alles ging Johanna durch den Kopf, als sie die Telefonnummer auf dem Display betrachtete. Ihr gesamtes Lebensgefühl war beeinträchtigt, ihre Freude an der Arbeit sowieso. Sie fühlte sich verfolgt und relativ hilflos. Sie beschloss, den Telefonanruf mit einer E-Mail zu beantworten, dann musste sie nicht schon in der Frühe die helle, seltsam gequetschte Stimme Herrn Hansens hören. Sie schrieb: Sehr geehrter Herr Hansen, ich bin heute Vormittag zu sprechen.

Wenn sie aus dem Fenster sah, konnte sie Herrn Hansen sitzen sehen. Jetzt sah sie, wie er zum Telefon griff. Gleich darauf ertönte das Klingelzeichen. Auf das „Ja, bitte", von Johanna erfolgte sofort die eilig vorgetragene Bitte, ob er – Herr Hansen – gleich zu ihr kommen könne, es wäre sehr wichtig. „Ja, natürlich, Sie können gerne kommen", Johannas Stimme klang geschäftsmäßig, freundlich, wie sollte es auch anders sein.

Es klopfte an der Tür und auf ein „Herein" von Johanna ging diese langsam auf, und Herr Hansen betrat vorsichtig, in leicht gebeugter Haltung das Zimmer. Er war nicht besonders klein, sondern machte sich bewusst kleiner, sah Johanna mit entschuldigendem Lächeln an und meinte: „Ich störe sehr ungern schon in der Frühe, aber es ist wichtig."

„Ist schon gut", antwortete Johanna, „setzen wir uns doch an den Besprechungstisch."

Sie deutete auf einen Stuhl und Herr Hansen nahm Platz. Seine ganze Haltung drückte Verlegenheit aus. Er blickte Johanna mit schräg gelegtem Kopf und etwas unsicher an.

„Also, Herr Hansen, was gibt's denn?", eröffnete Johanna das Gespräch.

„Sie wissen doch Frau Maier, dass ich schon seit einiger Zeit nicht mehr ganz gesund bin ..." Es erfolgte eine detailreiche Schilderung seiner verschiedenen gesundheitlichen Probleme vom Rücken zu den Gelenken bis zu den neuerdings unerträglichen Kopfschmerzen. Seine Stimme nahm einen klagenden Ton an, während er Johanna mitleidheischend anblickte.

Johanna hielt ihn für einen Hypochonder, vor allem, weil sie aus sicherer Quelle wusste, dass Herr Hansen in seiner Freizeit sportlich sehr aktiv war.

„Das ist sehr bedauerlich", meinte Johanna geschäftsmäßig und blickte Herrn Hansen mit einem überaus gleichgültigen Blick direkt ins Gesicht. Sie wollte, dass er sich unwohl fühlte, damit er ihr Mitgefühl nicht weiterhin strapazieren konnte. Sie hasste diese Theaterspielerei so sehr.

Herr Hansen schwieg und machte eine kleine Kunstpause, um seine Nachricht möglichst wirkungsvoll platzieren zu können. „Ich war beim Amtsarzt", sagte er dann betont langsam und in bedeutungsvollem Ton. Dann richtete er sich auf, sah Johanna triumphierend an und sagte: „Er ist der Meinung, dass ich vorzeitig in den Ruhestand gehen solle." Er konnte ein kleines, befriedigtes Lächeln nicht verhindern, während Johanna ihr Pokerface beibehielt und ganz kühl antwortete: „Und wann wäre dann der genaue Termin Ihres Ruhestandsbeginns?" Sie ließ sich nichts anmerken, schon gar nicht ihre Erleichterung, aber ihr Herz hatte einen kleinen Sprung gemacht.

„Zum Ende dieses Jahres", antwortete Herr Hansen „ich denke zum ersten November, wenn ich die ganzen Überstunden und aufgesparten Urlaube noch anrechne."

Es war Johanna immer schon schleierhaft gewesen, wie Herr Hansen Berge von Überstunden ansammeln konnte. Eine Zeit lang hatte sie sich die Mühe gemacht, diese zu kontrollieren. Aber es war müßig, alles war korrekt gewesen, bis auf die letzte Minute.

„Dann haben Sie mal Zeit, sich gründlich auszukurieren", sagte Johanna, und in ihrer Stimme schwang nun etwas Versöhnliches. Manchmal entwickeln sich Dinge schneller als man zu hoffen wagt, sinnierte sie im Stillen.

Herr Hansen schwieg. Er wartete auf einen Satz des Bedauerns ob seines vorzeitigen Weggangs. Johanna wusste das, aber sie schaffte es einfach nicht, diesen Satz auszusprechen. Innerlich machte sie einen Luftsprung, weil sie ihn bald los sein würde. Sie spürte, dass er noch etwas sagen wollte.

„Es ist so schade", fing er an, „dass sich unser Verhältnis in den letzten Jahren eingetrübt hat. Wir waren doch zunächst ein Superteam. Ich glaube nach wie vor, dass es sich nur um Missverständnisse handelt."

„Ich weiß es nicht", antwortete Johanna. Sie hatte in diesem Moment keine Lust, die vergangenen Jahre aufzuarbeiten. Ihrer Meinung nach war sie wirklich guten Willens gewesen und hatte viele Gespräche geführt, aber irgendwie hatte sie wohl nicht den richtigen Ton getroffen. Ihr war schon klar, dass Herr Hansen von ihr als Frau eine warmherzige, wenn nicht sentimentale Gesprächsführung erwartete. Aber sie konnte und wollte diese Erwartung nicht erfüllen. Im Arbeitsbereich wollte sie sachlich bleiben.

Das hatte natürlich seine Gründe. Ihr Berufsfeld war ausgesprochen männlich geprägt, gefühlvoll zu sein wurde hier schon immer als Schwäche gewertet. Sie hatte in der Vergangenheit einiges an Lehrgeld bezahlen müssen, um die Führungsposition zu bekommen, die sie jetzt innehatte. Sie investierte ihre Gefühle von daher lieber in ihrem privaten Bereich. Sie sprach nie darüber, aber sie war sehr stolz darauf, dass ihr diese Trennung von Privat- und Berufsleben gelungen war.

„Herr Hansen", sagte sie dann freundlich, „lassen wir's doch einfach gut sein. Bringen wir einfach das letzte halbe Jahr mit Anstand hinter uns. Wir haben uns eben verändert, Sie und ich. Dadurch passte vieles, was anfangs gut stimmte, dann nicht mehr. Können wir es dabei belassen?"

Herr Hansen blickte Johanna enttäuscht und verletzt an. Auch dieser Vorstoß hatte nichts gebracht, was seine Wunden hätte heilen können. Johanna ging einfach nicht darauf ein, wenn er ihr seine Gefühle erläutern wollte.

„Waren Sie schon beim Chef?", fragte Johanna unvermittelt.

„Ja, war ich. Er hat mich dann gleich zu Ihnen geschickt. Ich gehe dann." Er stand zögernd auf.

Johanna war ebenfalls aufgestanden und setzte sich wieder an den Schreibtisch. „Auf Wiedersehen", sagte sie, während sie die E-Mails kontrollierte.

„Auf Wiedersehen", antwortete Herr Hansen leise und verschwand eilig.

Gleich darauf ertönte das Telefon erneut. Dieses Mal war es Herr Gerster. Er wollte wissen, ob Herr Hansen sie bereits informiert hatte. Das geht aber flott, dachte sich Johanna.

„Ja", meinte sie, „ich finde das ist eine gute Nachricht. Über die Ärzte muss ich mich schon wundern, aber das hat ja nichts mit mir zu tun."

„Eben", antwortete Herr Gerster, „lassen wir's damit gut sein. Im Prinzip ist das für alle die beste Lösung. Ich rufe deswegen an, weil ich mit Ihnen gerne noch ein

Gespräch geführt hätte in dieser Sache. Hätten Sie heute Nachmittag Zeit, so gegen 14:30 Uhr? Wir sollten uns dafür genügend Zeit reservieren." Seine Stimme klang ernst, und Johanna runzelte die Stirn. Ihr schwante Unangenehmes. Wie oft musste sie sich dieser Thematik – Herr Hansen – denn noch widmen!

„Jaaa?", sagte sie und signalisierte damit ihr Widerstreben. „Natürlich, wir werden genügend Zeit haben." Sie legte auf und dachte sich: Hansen und kein Ende. Aber nein, beruhigte sie sich, nur noch ein halbes Jahr. Das wird auszuhalten sein.

Den Rest des Vormittags arbeitete Johanna lustlos und ineffektiv. Sie rief sich wieder einmal ihre Argumentationen ins Gedächtnis. Wie oft denn noch? Dieses ständige Wiederkäuen der immer gleichen Dinge!

Pünktlich um 14:30 Uhr klopfte sie an die Bürotür und trat ein. Herr Gerster hatte Kaffee kommen lassen und bot ihr eine Tasse an.

„Ich weiß, dass Ihnen der Termin lästig ist", begann er das Gespräch, „aber mir liegt ein versöhnlicher Ausklang am Herzen. Herr Hansen war gestern bei mir und hat mir nochmal sein Leid geklagt."

„Wegen der Gelenke?", fragte Johanna spöttisch.

„Sie wissen genau, weswegen", antwortete Herr Gerster scharf. „Sie müssen nicht glauben, dass ich die Gesamtsituation nicht überreiße, nicht wahr. Ich habe Sie beide über Jahre hinweg beobachtet."

Herr Gerster wusste, dass er mit Johanna ein Gegenüber hatte, das argumentativ bestens gerüstet, schlagfertig und furchtlos war. Einschüchtern funktionierte in diesem Fall nicht. Aber auch milde Töne, die Einsicht erzeugen sollten, verfehlten meistens ihre Wirkung. Herr Gerster seufzte innerlich. Gespräche mit Johanna waren stets eine Herausforderung und kosteten Kraft. All diese Personalgeschichten seines Amtes zerrten an seinen Nerven. Er hatte jahrzehntelang in der Forschung gearbeitet und war ein anerkannter Spezialist gewesen. Manchmal bedauerte er seine Entscheidung, damals die Behördenleitung übernommen zu haben. Zwar verdiente er deutlich mehr, aber die Arbeit machte ihm viel weniger Freude als früher.

Er versuchte, sich wieder auf das Gespräch zu konzentrieren. Johanna konnte sehr scharf und treffsicher formulieren, wobei es ihr relativ egal war, welchen hierarchischen Unterschied es zwischen ihr und ihrem Gegenüber gab. Es gab da Gerüchte, dass sie selbst den Abteilungsleiter des Ministeriums einmal zur Weißglut gebracht hatte mit ihrer Unnachgiebigkeit. Sie hatte auch einen Eintrag in der Personalakte und eine kurzzeitige Strafversetzung überstehen müssen. Johanna war im Gespräch ausgesprochen hartgesotten, und Herr Hansen war ihr da natürlich komplett unterlegen gewesen. Er hatte sich dann eben auf seine Weise gewehrt.

„Lassen Sie mich mal weiter ausholen und ich bitte Sie, mich nicht zu unterbrechen", fuhr Herr Gerster fort, während Johanna die Augenbrauen hochzog und einen Schluck Kaffee trank. „Sie und ich und auch meine Frau stammen aus einer Generation des Aufbruchs. Wir wollten bewusst andere gesellschaftliche Strukturen schaffen. Dazu gehörten neben einer guten Ausbildung auch eine befriedigende berufliche Karriere, gutes Geld und eine entsprechende

Altersversorgung. Das Neue daran war, dass die Frauen diese Ziele genauso für sich in Anspruch nehmen wollten wie die Männer. Bis zum Ende der Ausbildung waren viele Frauen gleichauf mit den Männern, aber dann schieden sich die Geister.

Ein Teil der Frauen widmete sich der Familie, stieg zunächst aus der Berufstätigkeit aus und arbeitete später wieder in Teilzeit weiter. Ein anderer – allerdings kleinerer – Teil blieb in der beruflichen Tätigkeit und managte gleichzeitig die Familie. Sie, liebe Frau Maier – oder darf ich Johanna zu Ihnen sagen? – gehören zweifellos zur letzten Gruppe." Herr Gerster machte eine kleine Pause und lächelte Johanna freundlich an.

„Nein", sagte Johanna, „ich möchte nicht, dass Sie Johanna zu mir sagen." Das war jetzt ein voller Schlag in die Magengrube ihres Chefs, aber es musste sein. Sie kannte diese Machtspielchen nur zu gut. Mit ‚Johanna‘ war ihre Position deutlich geschwächt, und das wollte sie auf keinen Fall.

Herr Gerster blickte sie irritiert an. Dieser Schachzug war danebengegangen.

„Aber das war doch nicht anzüglich gemeint", begann er sich zu verteidigen, indem er mit einer Unterstellung konterte.

„Ich weiß durchaus, wie es gemeint war, und ich bitte Sie, bei Frau Maier zu bleiben", antwortete Johanna ruhig. Ihre Augen hatte sie zu schmalen Schlitzen zusammengezogen, sie befand sich im Kampfmodus. Vermutlich büßte sie gerade einen Punkt bei der nächsten Beurteilung ein, aber Johanna wäre nicht diejenige gewesen, als die sie bekannt war, wenn ihr das in diesem Augenblick nicht egal gewesen wäre.

„Sie haben mich ganz aus dem Konzept gebracht, Frau Maier", fuhr Herr Gerster fort, wobei er ‚Frau Maier' betont aussprach und süffisant zu lächeln versuchte, was aber misslang.

Johanna lächelte ihn kalt an und antwortete versöhnlich: „Aber nicht doch, reden Sie einfach weiter."

So schnell ist man bei der in der Defensive, dachte Herr Gerster verärgert. „Also gut", sagte er jetzt irgendwie lustlos, „was ich zum Ausdruck bringen wollte war, dass Herr Hansen in seiner beruflichen Laufbahn wohl selten mit Frauen konfrontiert war, die ihm gleichgestellt waren und schon gar nicht mit Frauen, die Vorgesetzte waren. Er hat sich eben schwergetan mit Ihnen."

„Es ist nicht so, dass mir das nicht klar gewesen wäre", entgegnete Johanna. „Wenn aber meine Position als Vorgesetzte infrage gestellt wird, muss ich doch Stellung beziehen, oder sehen Sie das anders? Intrigen spinnen, andere schlechtmachen, Gerüchte verbreiten – die ganze Palette der Feiglinge – ist meine Sache nicht. Herr Hansen hat mich herausgefordert, und ich habe reagiert. So etwas muss man sich eben vorher überlegen. Wenn es dann schiefgeht, den Beleidigten und Verletzten zu spielen, ist für mich lächerlich und unwürdig."

„Natürlich sehe ich das ähnlich", meinte Herr Gerster und lenkte ein. „Es kommt eben auf das ‚Wie' an. Man muss bei sowas Fingerspitzengefühl entwickeln. Ich meine, Herr Hansen ist kein grober Mensch. Gegenüber unseren Bürokräften verhält er sich ausgesprochen kavaliermäßig und ist sehr beliebt."

Johanna lachte kurz auf: „Na klar, da kann er freilich den Kavalier spielen, der Hahn im Korb sein, Witzchen machen, Komplimente verteilen. In dieser Rolle kennt er sich gut aus. Das funktioniert nur leider bei mir nicht. Das Dumme war, dass ich anfangs seinen fachlichen Rat benötigte und das hat er ausgenutzt, weil er sich mir überlegen gefühlt hat. Hätte ich hier nicht eingegriffen, so hätte man mir zu Recht mangelnde Führungsqualitäten vorgeworfen."

Herr Gerster seufzte. Er hatte geahnt, dass das Gespräch diesen Verlauf nehmen würde. Herr Hansen war der Meinung gewesen, dass Frau Maier nur formal, nach außen sozusagen, Chefin gewesen sei. In Wirklichkeit hatte er sich fachlich derartig überlegen gefühlt, dass er glaubte, im Hintergrund die Fäden ziehen zu können. Es musste zum Crash kommen.

„In der direkten Konfrontation ist er mir natürlich unterlegen", fuhr Johanna ungerührt fort, „er hat sich deshalb zunächst zum Intrigenspiel entschlossen und ist dann in die Krankheit geflüchtet."

Herr Gerster nickte stumm. „Trotzdem wünsche ich mir ein versöhnliches Ende, ein happy end sozusagen. Lassen Sie uns doch gemeinsam überlegen, wie wir das hinkriegen können."

Johanna entspannte sich sichtlich. Jetzt war das Gespräch auf Augenhöhe, jetzt war sie kompromissbereit.

„Machen Sie einen Vorschlag", sagte Johanna, wohlwissend, dass sich ihr Chef bereits etwas überlegt hatte. „Ich bin gerne bereit konziliant, ja geradezu diplomatisch zu agieren." Das war jetzt Johanna, wie sie viele kannten: freundlich, großzügig, entgegenkommend, durchaus über ihren Schatten springend. Man durfte sie eben nicht herausfordern und schon gar nicht versuchen, sie in irgendeine Richtung zu drängen.

Herr Gerster nahm einen Schluck von dem inzwischen erkalteten Kaffee. Er sah nachdenklich aus. Dann überwand er sich zu folgendem Satz: „Es tut mir leid, dass ich sie vorhin mit einem dummen Machtspielchen überrumpeln wollte. Es ist die Gewohnheit. Frauen wie Sie sind sehr selten. Im Übrigen würde ich gerne Johanna zu Ihnen sagen, wenn wir mal beide im Ruhestand sind."

Jetzt war Johanna etwas verlegen. „Man merkt selber gar nicht, wie sehr man durch das Berufsleben geprägt ist. Sicher werden wir uns verändern, wenn diese Zeit einmal vorbei ist." Das war bereits das Maximum an Persönlichem, was Johanna bereit war dieser Situation zuzugestehen. Im Prinzip war sie immer auf der Hut. „Was stellen Sie sich denn nun unter einem happy end vor?", fragte sie neugierig.

„Ich dachte an eine kleine Feier im Amtsgebäude mit Essen, Kaffee und Kuchen und ein paar Ansprachen des Personalrats, von mir und von Ihnen." Jetzt war es raus. Herr Gerster war froh. „Wobei die wichtigste Ansprache Ihre sein sollte", legte er noch vorsichtig nach.

„Sie meinen so eine Art Grabrede nach dem Motto „de mortuis nihil nisi bene", meinte Johanna mit einem spöttischen Unterton.

„Seien Sie doch nicht so spitz", seufzte Herr Gerster, „aber im Prinzip liegen Sie richtig mit Ihrer Einschätzung."

Dann sah er Johanna erstaunt an: „Dazu wären Sie bereit?"

„Wenn es für einen guten Zweck ist ... dann kann ich auch mal anders", sagte Johanna fast ein wenig spitzbübisch.

„Warum denn nur dann?", fragte Herr Gerster, „Sie machen sich das Leben doch unnötig schwer mit Ihrer Starrköpfigkeit, das wollte ich Ihnen schon lange mal sagen."

Johanna lachte kurz: „Was schwer ist, bedeutet doch für jeden etwas anderes. Für mich ist es eben schwer, so zu tun als ob. Wenn ich also etwas tun oder sagen muss, von dem ich nicht überzeugt bin."

„Trotzdem haben Sie sich mit Ihrem Verhalten schon eine Menge Ärger eingehandelt, oder? Das kann doch nicht leicht für Sie gewesen sein." Herr Gerster machte jetzt einen interessierten Eindruck.

Johanna sagte zunächst nichts darauf. Dann antwortete Sie: „So bin ich eben. Ich möchte mich diesbezüglich auch nicht ändern. Wer ist man denn eigentlich, wenn es das Hauptziel ist, möglichst einfach durchs Leben zu kommen, bei Schwierigkeiten abzutauchen oder notwendige Problemlösungen nicht in Angriff zu nehmen? Wie ist denn dann die Wahrnehmung der anderen von einem? Natürlich bin ich nicht ständig im Kampfmodus, wenn Sie so wollen. Das wäre allerdings borniert. Man kann sich das doch auch aussuchen, was einem etwas wert ist, zu kämpfen, Flagge zu zeigen oder auch Risiken einzugehen. Die Motivation hierzu ist etwas sehr Persönliches, entspricht auch den individuellen Überzeugungen. Ich finde eben, dass es schlecht gewesen wäre, wenn ich das Spiel von Herrn Hansen gespielt hätte: loben, wo es nichts zu loben gibt, nichts zu sagen, wo man etwas hätte sagen sollen, akzeptieren, was inakzeptabel ist. Man spürt es doch, wenn man gegen seine Überzeugungen handelt und fühlt sich mies danach. Es ist nicht so, dass ich nicht schon vorher geahnt hätte, wie sich alles entwickeln könnte. Aber ich war der Meinung, dass dieser Weg, den ich gegangen bin, der richtige war. Für irgendetwas muss man sich doch entscheiden, auch wenn man nicht alle Folgen im Griff hat.

Wenn ich jetzt eine versöhnliche Abschiedsrede halte ist das ganz in Ordnung. Herr Hansen hat auch viel Positives geleistet. Das wird in der Gesamtschau betont werden. So macht man das doch immer, und das ist völlig richtig so. Am Ende sollte alles gut sein."

Herr Gerster blickte Johanna nachdenklich an: „Sie schaffen es immer wieder, die Dinge auf den Punkt zu bringen. Sie wissen, dass ich sehr gerne mit Ihnen Gespräche dieser Art führe? Ich muss Ihnen auch gestehen, dass ich Sie bewundere, insbesondere für Ihren Mut und Ihre Stärke."

Jetzt sah Johanna nachdenklich drein. Herr Gerster spürte, dass sie ihm etwas Wichtiges mitteilen wollte, aber noch zögerte. Eigentlich hatte er erwartet, dass sie sich für das soeben gemachte Kompliment bedanken würde.

Johanna räusperte sich und fragte vorsichtig: „Darf ich persönlich werden?"

Herr Gerster blickte überrascht und nickte.

Johanna blickte aus dem Fenster. Es war Sommer, und die Felder ringsum standen vor der Ernte. Sie wusste aus sicherer Quelle, dass die Ehefrau Herrn Gersters erkrankt war, ohne dass bisher eine Ursache gefunden war. Er hatte einmal erwähnt, dass sie sich während des Studiums kennengelernt hatten. Während Herr Gerster danach mit seiner Berufstätigkeit begann und zügig Karriere gemacht hatte, war seine Frau zu dem Entschluss gekommen, dass es für alle besser sei, auf eine eigene Tätigkeit zu verzichten und sich der Familie zu widmen. Die beiden Kinder studierten bereits und waren nicht mehr oft zu Hause. Mehr wusste Johanna allerdings nicht, außer vielleicht, dass Herr Gerster diese Lösung für sehr gut befunden hatte.

„Sie müssen mich nicht bewundern für etwas, was für mich eine Selbstverständlichkeit ist", begann Johanna. „Ich habe immer das getan, was ich tun wollte und ich habe es auf meine Weise gemacht. Ich war dabei relativ kompromisslos. Ich habe von dem, was mir wichtig war, nichts aufgegeben. Dass es mir trotzdem gelungen ist, ein einigermaßen funktionierendes Familienleben aufzubauen, liegt vor allem an meinem Partner und an meinem Sohn, der schon recht früh selbständig werden musste. Ich möchte damit sagen, dass man nicht mich, sondern diejenigen, die um das Wohlergehen anderer willen etwas Wichtiges aufgegeben haben oder auf etwas verzichtet haben, bewundern muss. Sie haben dazu den Mut und die Kraft gehabt und müssen es oft am Ende noch aushalten, dass man Ihnen die entsprechende Wertschätzung vorenthält. Viel zu oft wird diese große Leistung als Selbstverständlichkeit betrachtet. Das ist dann sehr bitter."

Herr Gerster hatte diese Anspielung sofort verstanden: „Sie glauben doch nicht etwa, dass ich meine Frau nicht genügend wertschätze, was erlauben Sie sich eigentlich!", rief er empört.

Johanna holte tief Luft und antwortete dann: „Doch, das meine ich."

„Warum sagen Sie das jetzt?", fragte Herr Gerster verletzt und pikiert. „Sie wissen das doch gar nicht."

„Zum einen kenne ich Sie gut genug und darum weiß ich es, zum anderen fühle ich mich verpflichtet, das jetzt zu sagen. Mehr möchte ich hierzu allerdings nicht mehr sagen", sagte Johanna daraufhin leise. Sie fühlte sich müde und ausgelaugt. Das Gespräch strengte sie jetzt an.

Herr Gerster seinerseits wollte es jetzt auch möglichst schnell beenden. Die Wendung, die es genommen hatte, war ihm sehr unangenehm.

„Würden Sie mir bitte den Text ihrer Ansprache für Herrn Hansen vorher noch vorlegen?", fragte er abrupt, förmlich und sehr kühl.

„Aber gerne", erwiderte Johanna und lächelte schief. Mit einer kräftigen Retourkutsche hatte sie jetzt rechnen müssen, und da war sie auch schon. Sie ging zurück in ihr Büro und blickte sinnend ihren Computer an. Es stimmte schon, sie machte es sich nicht leicht. War es denn notwendig gewesen, ihren Chef jetzt so zu vergraulen, gerade als er ihr ein so schönes Kompliment gemacht hatte? Aber sie wusste ganz genau, dass sie es sich niemals verziehen hätte, wenn sie diese Gelegenheit hätte verstreichen lassen, ohne etwas zu sagen, oder gar geschmeichelt auf die Worte Herrn Gersters reagiert hätte.

Die nächsten Monate vergingen schnell und ohne größere Ereignisse. Johanna und Herr Hansen hatten jetzt ein ziemlich entspanntes Verhältnis, aber sie gingen sich mehr oder weniger aus dem Weg. Für Auseinandersetzungen gab es keine Veranlassung mehr, und so ging jeder seiner Arbeit nach.

Das Verhältnis zwischen Herrn Gerster und Johanna blieb allerdings distanziert. Sie hatten sich beide zurückgezogen, was aber auch nicht anders zu erwarten war. Johanna hatte eine Grenze überschritten, indem sie ihren Chef ungefragt persönlich kritisiert hatte und das, nachdem er ihr seine Bewunderung für sie gestanden hatte.

Das alles war jedoch nicht ohne Wirkung auf Herrn Gerster geblieben. Er wusste natürlich, dass Johanna richtig lag und dass er seiner Frau gegenüber nachlässig geworden war. Aber woher wusste sie es? Wie sah sie ihn denn? Er suchte wieder verstärkt die Nähe seiner Frau. Er blickte sie ein wenig mit Johannas Augen an. Natürlich war es so, wie es Johanna festgestellt hatte. Er hatte sich nur zu gerne von seiner Frau versorgen lassen. Ihre zaghaften Versuche eines verspäteten Berufseinstiegs hatte er nicht nur nicht unterstützt, im Gegenteil, er hatte sogar dagegen argumentiert, ihr Schuldgefühle eingeredet und sie damit auf die die Rolle der Frau und Mutter festgenagelt. Hin und wieder dankte er ihr das schon und ließ ihr kleine Aufmerksamkeiten zukommen – aber Anerkennung war das bei genauer Betrachtung eher nicht.

Ja, im Laufe der Jahrzehnte war ihre Fürsorge tatsächlich zur Selbstverständlichkeit geworden. War sie deshalb etwa krank geworden? Das war doch absurd! Herr Gerster nahm sich jetzt allerdings mehr Zeit für Gespräche und eines Tages erzählte er ihr von Johanna.

„Tolle Frau, deine Frau Maier", meinte sie. „Du willst

wissen, wie es kommt, dass sie dich so genau analysieren konnte? Das ist doch ganz einfach. Auf der ganzen Welt ist die Rollenverteilung zum großen Teil so wie bei uns. Die Frauen übernehmen ganz selbstverständlich die Familienarbeit, verzichten auf eine eigene Berufskarriere, auf eigenes Geld, auf eine eigene Altersversorgung und fühlen sich am Ende minderwertig, weil genau das, worauf sie verzichtet haben, den höchsten Stellenwert in der Gesellschaft hat: Geld und Karriere. Die Familienarbeit, die Basis für das alles, wird als Selbstverständlichkeit hingestellt. Deine Frau Maier muss wirklich nicht so viel von dir wissen, um feststellen zu können, dass es bei uns genauso ist. Aber dass sie das auch noch gesagt hat, finde ich großartig. Das trauen sich wirklich nur ganz wenige, zumal sie mich gar nicht kennt. Wie hast du denn reagiert?"

Herr Gerster sagte zunächst nichts und dann nur: „Entsprechend. Aber das hat sie wohl vorher schon gewusst und in Kauf genommen. So ist sie eben."

Beide schwiegen.

„Ich bin ihr zu Dank verpflichtet, obwohl ich sie nicht kenne", sagte Frau Gerster. „Sie hat meinen Mann dazu gebracht, über Dinge nachzudenken, die er gerne verdrängt. Sag ihr bei Gelegenheit einen schönen Gruß von mir."

Beide wussten, dass er das nicht tun würde, aber sie lächelten sich dabei an, hatten wieder besser zueinander gefunden. Dank Johanna, wie Herr Gerster widerstrebend zugeben musste.

Johanna begann inzwischen, sich mit ihrer Abschiedsrede für Herrn Hansen zu beschäftigen. Wie sie es erwartet hatte, fiel ihr dazu fast nichts ein, weil ihr die echte, positive

Einstellung zu ihm nach wie vor fehlte. Nach einigem Zögern entschloss sie sich, ihn selbst nach seinem Lebenslauf zu fragen. Solche Dinge musste man mit Anstand hinter sich bringen, egal wie, dachte sie, und am besten sofort.

Sie sah Herrn Hansen an seinem Schreibtisch sitzen und auf den Bildschirm seines Computers starren. Sie rief ihn an. „Guten Morgen, Herr Hansen, könnten Sie heute Vormittag zu einer Besprechung zu mir ins Büro kommen?", fragte sie freundlich.

„Selbstverständlich", antwortete Herr Hansen, „ich bin sofort bei Ihnen."

Es war klar, dass er unverzüglich bei Johanna erscheinen würde, eilfertig und dienstbeflissen wie er war, ständig nach Anerkennung hungernd.

„Nehmen Sie bitte Platz", sagte Johanna und bot ihm einen Stuhl an.

Herr Hansen setzte sich, hielt seinen Kopf schräg und blickte Johanna aufmerksam und abwartend an.

„Wie geht es Ihnen denn jetzt, wenige Wochen vor Ende Ihrer Berufstätigkeit?", eröffnete Johanna das Gespräch.

„Sehr gut", antwortete er, „ich freue mich, dass ich dann mehr Zeit für die Familie habe."

„Sicher wollen Sie wissen, weswegen ich Sie zu mir gebeten habe", fuhr Johanna in jovialem Ton fort. „Es geht um Ihre Abschiedsfeier. Soviel ich weiß, kommt die komplette Dienststelle, also so circa fünfzig Personen. Das Ganze soll etwas stilvoll sein und mit einem entsprechenden Rahmen versehen werden. Ich habe die Absicht – als Ihre unmittelbare Vorgesetzte – neben unserem Behördenleiter – Herrn Gerster – eine kleine Ansprache zu halten. Ich würde sehr gerne Ihren beruflichen Werdegang schildern, aber dabei müssen Sie mir helfen. Ich weiß da zu wenig von Ihnen."

Herr Hansen blickte Johanna ungläubig an. Sie würde eine Ansprache halten, sie würde ihm diese Ehre geben! Das brachte ihn beinahe aus der Fassung.

„Sehr gerne, Frau Maier", sagte er, nachdem er sich wieder gefangen hatte. Dann begann er zu erzählen, und Johanna ahnte nach einigen wenigen Sätzen, dass der Vormittag mit Herrn Hansens Lebensgeschichte gefüllt sein würde. Sie wollte noch sagen, dass einige Eckdaten genügen würden, aber da war es schon zu spät. Herr Hansen begann tief in seine Vergangenheit abzutauchen, und Johanna befürchtete zu Recht, dass er sobald nicht mehr auftauchen würde.

Er begann mit seiner Kindheit und berichtete in epischer Breite von seinem Elternhaus. Er und sein älterer Bruder wuchsen auf einem kleinen Bauernhof auf. Der Vater war neben seiner Tätigkeit als Landwirt, Viehhändler, und verdiente damit das Haupteinkommen. Herr Hansen schilderte sich als sehr tierlieb. Seine Kindheit schien glücklich gewesen zu sein, obwohl er seinen Vater als streng und autoritär erlebte. Er und sein Bruder hatten eigene Ponys und stromerten damit durch Felder und Wälder.

Vor Johanna entstand das Bild von zwei Jungs, die frei und ungebunden ihre Kindheit erleben durften. Sie hatte aufgehört, ungeduldig auf den Fortgang der Geschichte zu warten, sondern ließ sich mehr und mehr auf die Erzählweise Herrn Hansens ein. Es ging dabei weniger um Ereignisse als um Gefühle.

Da war die nach Essen duftende Küche, wenn sie abends hungrig nach Hause kamen. Der Vater neigte zur Schwermut, weil ihn ständig geschäftliche Sorgen plagten. Hansen schilderte die Angst vor dem strengen Lehrer, wenn die Hausaufgaben nicht ordentlich gemacht waren. Eine verschmitzte Oma beschrieb er, die Geschichten von früher erzählte. Und er schwärmte von selbst gebackenem Brot, das ganz außerordentlich köstlich war und das ganze Haus mit seinem Duft erfüllte. Die Geschichten plätscherten so dahin, bis ein großer Einschnitt die Kindheitsidylle beendete. Der Vater bestand darauf, dass Herr Hansen nach Beendigung der Schule eine Metzgerlehre machte. Er wollte den Viehhandel seinem älteren Sohn übergeben und Herr Hansen sollte die Fleischverarbeitung übernehmen. Er wehrte sich mit Händen und Füßen gegen diese Zumutung, aber es half nichts. Er konnte keiner Fliege etwas zuleide tun und sollte jetzt Tiere töten!

Johanna war ebenfalls entsetzt und dachte im Stillen, dass dieser Vater ziemlich gefühllos war. Schaudernd schilderte Herr Hansen seine Lehrzeit und Johanna wurde es immer mulmiger dabei.

Als dann die Geschichte mit dem Kälbchen kam, das einen noch treuherzig anschaute, bevor ihm mit dem Schussapparat der Garaus gemacht wurde, reichte es ihr. „Herr Hansen, würden Sie sich bitte auf das Wesentliche beschränken", bat sie ihn, „so genau möchte ich das gar nicht wissen."

Kurz und gut, nach bestandener Metzgerlehre und dem eisernen Entschluss, niemals diesen Beruf ausüben zu wollen, beschloss er, eine Maurerlehre zu machen. Auch hier begann er wieder äußerst detailliert loszulegen, aber dieses Mal schnitt ihm Johanna das Wort ab: „Ich bin überzeugt, dass Sie keinen einfachen Werdegang hatten, Herr Hansen, aber bitte fahren Sie mit Ihrem Berufsweg fort."

Herr Hansen blickte sie irritiert an, verkniff sich jedoch eine beleidigte Anmerkung.

Es ging weiter mit dem Kennenlernen seiner Frau, mit verschiedenen Arbeitsstellen, die alle irgendwie unbefriedigend waren und mit der Problematik, Kinder und Berufstätigkeit erfolgreich zu managen, da seine Frau ebenfalls berufstätig war.

Johanna nahm durch die emotionale Art der Schilderung mehr Anteil an der Lebensgeschichte ihres Gegenübers als sie es eigentlich wollte.

Irgendwann kam er an den Punkt, dass der öffentliche Dienst für ihn ein aussichtsreiches Betätigungsfeld darstellen könnte und er beschloss daraufhin, weitere Fortbildungsmaßnahmen zu nutzen, um dort unterzukommen. Endlich war es dann so weit, dass er Johannas Sachgebiet zugeordnet wurde, zunächst unter einem anderen Vorgesetzten, Johannas Vorgänger. Herr Hansen schilderte seine Tätigkeit als äußerst befriedigend. Er galt als fachlich hoch kompetent. Sein Vorgesetzter lobte ihn und beurteilte ihn mehrfach sehr gut. Alles war wunderbar, bis dann sein Chef in den Ruhestand versetzt wurde und Johanna nachfolgte.

Ab diesem Zeitpunkt wusste Johanna aus eigener Erfahrung und Anschauung bestens Bescheid. Sie versuchte, ihm diese Tatsache deutlich zu machen, aber er ließ sich nicht beirren. Für ihn kam jetzt der Höhepunkt seiner Selbstdarstellung, und Johanna musste voller Schaudern eine Tirade seiner Selbstbeweihräucherung über sich ergehen lassen: Wie sehr er sich gefreut hatte, so eine nette Chefin zu bekommen, wie sehr er sich bemüht hatte, sein Fachwissen, seine ganze Berufserfahrung an sie weiterzugeben. Es prasselte ein wahres Stakkato an Eigenlob auf Johanna hernieder, und sie hatte keine Chance dies zu stoppen, ohne grob unhöflich zu sein, was sie aber auf jeden Fall vermeiden wollte.

Dann kam, was kommen musste: Die Enttäuschung, dass Johanna seinen selbstlosen Einsatz nicht nur zu wenig würdigte, nein, sie entwickelte auch andere Vorstellungen als er, sie nahm keine Rücksprache mehr ihn ihm, und am Ende wurde ihm auch noch eine jüngere Kollegin vorgezogen. Jetzt schwieg er bedeutungsvoll, und sein Gesicht nahm einen kummervollen Ausdruck an. Sein Blick wurde flehentlich: „So verstehen Sie mich doch, Frau Maier, verstehen Sie doch in welch verzweifelter Lage ich damals war!"

Und Johanna war jetzt auch bereit, ihn zu verstehen. Nicht, dass sie vorher nicht auch alles verstanden hätte. Das war nicht das Problem. Damals musste sie sich jedoch ihre Stellung als Abteilungsleiterin erst erkämpfen. Sie sah sehr wohl, dass sie manchmal rücksichtslos agiert hatte, aber sie hatte das für notwendig gehalten. Jetzt, da ihre Zusammenarbeit bald beendet sein würde, konnte sie es sich quasi leisten, Herrn Hansen zu verstehen. So sah Johanna das jetzt, und sie wollte auch wieder etwas gutmachen.

„Herr Hansen", fing sie an, „ich habe Sie jetzt als einen tief empfindsamen Menschen kennengelernt. Ihre Lebensgeschichte hat mir das erst so richtig verdeutlicht. Es tut mir im Nachhinein leid, dass Sie vieles von dem, was ich glaubte tun und sagen zu müssen, als verletzend empfunden haben. Es war keine Absicht. Ich habe gegen Ihre Person nichts einzuwenden. Im Gegenteil, ich schätze Sie sehr als Mensch und Fachmann. Ich möchte mich an dieser Stelle bei Ihnen entschuldigen, ich möchte, dass wir uns im Frieden voneinander verabschieden."

Herr Hansen bekam feuchte Augen, er war sichtlich gerührt. „Frau Maier, das ist mehr, als ich zu erwarten wagte. Vielen Dank dafür", sagte er leise. Noch bevor Johanna antworten konnte, stand er auf und verabschiedete sich.

„Also bis zur Feier", sagte Johanna freundlich und begab sich wieder an ihren Schreibtisch.

Kurz darauf läutete das Telefon. Es war Herr Gerster: „Frau Maier, was haben Sie denn mit unserem Herrn Hansen gemacht? Er kam vorhin ganz aufgelöst, aber sehr entspannt, geradezu fröhlich zu mir und sagte, dass er gerade ein sehr gutes Gespräch mit Ihnen gehabt hätte."

Johanna sagte zunächst nichts.

„Frau Maier?", fragte Herr Gerster noch einmal.

„Es sind diese verdammten Rollen, diese Muster, die wir in unseren Köpfen haben. Wir alle – mich eingeschlossen – müssen endlich lernen, unseren Verstand zu gebrauchen und auf unser Herz zu hören. Mehr ist dazu nicht zu sagen." Dann legte sie auf.

Nach dieser Geschichte fühlte sich Paula ihrer Mutter sehr nahe. Johanna – das war sie, manchmal ruppig, aber immer mit dem Herz auf dem rechten Fleck, knallhart, wenn sie glaubte es sein zu müssen, aber dann wieder kompromissbereit und zutiefst menschlich. Sie arbeitete für damalige Verhältnisse sehr viel, immer in Vollzeit, und über vierzig Jahre lang. Sie war stolz gewesen auf ihre Karriere, das selbst verdiente Geld, die gute Altersversorgung. Sie wollte niemandem auf der Tasche liegen, stets unabhängig sein.

Paulas Vater war hierfür der ideale Partner gewesen. Er übernahm viele Pflichten im Haushalt und hielt ihr damit den Rücken frei. Aber er litt auch darunter, dass seine Frau die beruflich erfolgreichere war. Er konnte sich mit dem Rollentausch nicht so wirklich anfreunden, obwohl er seiner Bequemlichkeit entgegenkam. Tatsächlich kamen die Spannungen und Konflikte ihrer Eltern immer wieder aus dieser Ecke, dem Unterlegenheitsgefühl ihres Vaters.

Epilog

Paula fand, dass diese vier Geschichten ihre Mutter sehr gut beschrieben. Am weitesten entfernt war für sie Ada, das junge Mädchen am Beginn ihres Beziehungslebens. Die Rolle als beste Freundin Michaela war eigentlich untypisch für das sonstige Wesen ihrer Mutter. Hier gab es auch tatsächlich Brüche in ihrer Biografie. Bei Frauen ordnete sie sich regelmäßig unter, ließ sich manchmal ausnutzen, spielte eine Rolle, die ihrem sonstigen Auftreten überhaupt nicht entsprach. Ihre sogenannten Freundinnen fühlten sich ihr dadurch überlegen, neideten ihr jedoch ihre Erfolge. In den späteren Jahren verzichtete sie auf Frauenfreundschaften und beschränkte sich auf Bekanntschaften, die jedoch ohne echten Austausch blieben. Sie brauchte ihn offensichtlich auch nicht mehr.

Als Brigitta konnte sich Paula ihre Mutter nicht wirklich vorstellen. Die Rolle, die sie zu Hause als Ehefrau spielte war so ganz anders, als Brigittas Part als Geliebte. Sie war eine treue Ehefrau und liebte ihren Vater aufrichtig. Aber was wusste sie schon.

Da gab's auch noch diesen Robert. Trotzdem fand sie diese Geschichte besonders berührend, weil sie erkennen ließ, dass die Einmaligkeit eines Lebensweges im Dialog mit anderen, Probleme aufzeigte, die jeder hatte. Die Einzigartigkeit ergab sich vorwiegend aus dem individuellen Lösungsansatz dieser Probleme. Ganz offensichtlich sah sie in Brigitta eine Art Schwester im Geiste und widmete dieser Geschichte besonders viel Aufmerksamkeit.

Die kämpferische Johanna, das war ihre Mutter so wie Paula sie jahrelang erlebte. Mit ihrem unnachgiebigen Verhalten hatte sie sich nicht nur Freunde gemacht. Sie hatte insbesondere mit ihren Vorgesetzten eine Menge Probleme. Sie erzählte zu Hause häufig von ihrer Arbeit, aber Paula und auch ihr Vater hörten nicht besonders aufmerksam zu. Die Geschichten, die sie zu Hause erzählte, liefen immer nach dem gleichen Muster ab. Sie versuchte mit dem Schwert in der Hand für Gerechtigkeit zu sorgen und nach einer Zeit des Gemetzels behielt sie die Oberhand. Ihr Vater hatte einfach keine Lust, seine Frau deshalb ständig zu bewundern. Er konnte wenig dagegensetzen, und dann sah es immer so aus als ob er ein Weichei wäre.

Paula war jetzt froh über diese Geschichte. Sie warf ein Licht auf die Problematik, mit der ihre Mutter als Karriere bewusste Frau konfrontiert war, und sie zeigte Paula, dass sie selbst einiges davon übernommen hatte. Sie trat bei der Arbeit durchaus selbstbewusst auf und durchschaute sehr schnell die üblichen Machtspielchen. Während der Arbeit hatte sie tatsächlich die wenigsten Probleme.

Es verging einige Zeit, bis Paula sich entschloss, dies alles mit Anni zu besprechen. Sie musste erst Ordnung in ihrem Innenleben schaffen. Die üblichen Koordinaten stimmten nur noch bedingt, sie mussten überprüft werden. Sie sah ihre Mutter jetzt mit anderen Augen. Sie hatte sie jetzt erst richtig kennengelernt. Es gelang ihr inzwischen, die Mutterrolle zu abstrahieren und ihre Mutter als interessante Frau zu sehen, die ihr Leben auf ihre Art und Weise gemeistert hatte. Sicher war sie gerne Mutter gewesen, aber diese Rolle hätte sie nie völlig ausgefüllt. Sie war auch Ehefrau, Geliebte und Freundin und ging in ihrer Berufstätigkeit auf. In ihren späteren Jahren hatte sie noch zahlreiche Interessen gepflegt, hatte einen großen Bekanntenkreis mit den unterschiedlichsten Menschen und unternahm noch viele Reisen. Das half ihr auch, mit dem Tod ihres Vaters besser umgehen zu können. Sie vermisste ihn schmerzlich. Ihre sprühende Lebensfreude, die sie sonst immer ausstrahlte, war danach einer gewissen Melancholie gewichen.

Und doch - was war das Besondere dieser Geschichten?

Es waren Alltagsgeschichten, wie sie überall vorkamen. Im Prinzip waren sie lapidar. Paula las gerne spannende Erzählungen oder Krimis. Die Geschichten ihrer Mutter waren zwar nicht in diesem Sinne spannend, sie waren aber lebendig, farbig, und die Spannung erwuchs aus der Gefühlslage der Personen. Man konnte versuchen, sich Herrn Hansen oder Herrn Gerster vorzustellen. Alle machten Fehler und mussten lernen, mit den Folgen umzugehen. Es gab kein happy end in diesen Episoden verschiedener Leben, sondern einen versöhnlichen Abschluss, wenn auch mit einem gewissen bitteren Nachhall – wie im wirklichen Leben.

Während Paula dasaß und nachdachte, hatte sie plötzlich eine Art Vision. Es war später Nachmittag im November, und sie hatte noch kein Licht angemacht. Ihre Wohnung wirkte dadurch grau. Die Möbel, die Bilder waren wie Schatten. Wenn sie Licht machen würde, wäre alles wieder bunt und freundlich. Ihre Mutter hatte Licht in ihr Leben gebracht, indem sie es nicht nur lebte, sondern mit ihrem Wesen, quasi mit ihrem Licht erfüllte. Sie war in ihrer

Widersprüchlichkeit präsent und erkennbar. In ihren Worten und Handlungen schwang ihre Person mit und damit hatte all das, was sie machte und sagte etwas Persönliches, Wahrhaftiges und Unvergleichliches. Sie war auch in ihren Fehlern und in ihrer Art, damit umzugehen, sie selbst. Sie hatte keine Angst vor Verletzungen, man fragte sich, ob sie es überhaupt zuließ, verletzt zu werden.

Paula hatte sie einmal dazu befragt, weil auch sie selbst dazu neigte, sich beleidigt zurückzuziehen. ‚Ach‘, hatte ihre Mutter damals geantwortet, ‚das ist doch nur mein kleines blödes Ego, mit dem bin ich längst im Reinen. Wenn Leute wirklich böse zu mir sind, kann ich mich schon wehren, nur keine Sorge.‘

Paula begann langsam zu verstehen, was ihre Mutter an ihr kritisierte. Es war nicht ihr Anderssein, sondern dass sie dieses Anderssein nicht wirklich lebte. Dass Paula sich nicht emanzipierte von ihrer Mutter, sondern ihr Selbstmitleid pflegte. Paula hatte nicht wirklich Licht in ihrem Leben angezündet, sondern begnügte sich mit einer Art Dämmerlicht, in dem die kräftigen Farben fehlten. Anstatt etwas zu verändern, war sie auf die Suche nach Schuldigen gegangen. Ihre Mutter hatte sich hierfür bestens geeignet, weil sie aus ihrem Herzen niemals eine Mördergrube machte. Sie konnte mit Vorwürfen hervorragend umgehen, bot sich geradezu an. Aber selbst ihrer schlauen Mutter war es nicht möglich gewesen, Paulas Hang zur Bequemlichkeit und Larmoyanz entgegenzuwirken. Alle Appelle – ‚Kind, mach was aus deinem Leben!‘ – verhallten ungehört und verstärkten nur noch ihre scheinbar fest gefügten Strukturen.

Aber diese vier Geschichten machten etwas mit ihr. Sie

hatte verstanden. Es war *ihr* Leben, um das es ging und das auch irgendwann vorbei sein würde. Sie allein hatte es in der Hand, Licht und Farbe hineinzubringen oder weiterhin im Dämmerlicht zu leben. Nach Schuldigen suchen, Selbstmitleid – brachte das irgendeinen Vorteil? Sich einbringen in das Leben, auch auf die Gefahr hin auf Widerstände zu stoßen, Ablehnung zu erfahren, und sich selbst spüren können – das war es, was ihre Mutter ihr mitteilen wollte.

Dabei fiel Paula ein, dass sie Anni in letzter Zeit ziemlich vernachlässigt hatte. Sie beschloss, sie baldmöglichst zu kontaktieren und mit ihr all die neuen Erkenntnisse zu besprechen.

„Hallo Anni", sagte sie fröhlich ins Telefon, „ich muss mich entschuldigen, weil ich schon lange nichts mehr von mir habe hören lassen."

„Das habe ich gemerkt." Anni sagte das mit einem etwas pikierten Unterton, „du bist ja richtig abgetaucht."

„Das stimmt, diese Geschichten meiner Mutter haben mich mehr beschäftigt, als ich es für möglich gehalten habe."

„Haben sie dich denn in irgendeiner Weise verändert?", fragte Anni neugierig.

„Verändert nicht direkt, aber vielleicht meine Einstellung zu verschiedenen Dingen auf den Prüfstand gestellt. Ich würde das sehr gerne mal mit dir besprechen, wirklich. Ich habe ja sonst niemanden, dem ich mich sonst anvertrauen kann. Ich habe dich mehr oder weniger als Klagemauer benutzt für meine Wehwehchen, meine seelischen

Blähungen sozusagen. Ich finde, es ist Zeit, dass ich erwachsen werde und mir zunächst mal selbst Gedanken mache, wie man seine Probleme lösen kann."

Anni antwortet zunächst nicht und meinte dann: „Ich habe mich nicht als Klagemauer benutzt gefühlt. Ich habe dir immer gerne geholfen oder dir Ratschläge gegeben. Ich habe das Gefühl, dass du dich etwas zurückziehen möchtest. Ist es das, was du unter Überprüfen deiner Einstellungen verstehst."

Jetzt war Paula überrascht. Anni wollte keine Veränderungen. Paula sollte so bleiben wie sie war. Das war die Botschaft. Normalerweise hätte Paula mit Betroffenheit reagiert, hätte signalisiert, dass sie Anni nicht verletzen wollte. Aber jetzt wollte sie etwas Neues ausprobieren.

„Man kann doch die Dinge mal anders gestalten. Ich habe dazu jetzt große Lust. Ich würde mich freuen, wenn du das auch so sehen könntest." Paula blieb hartnäckig. Sie merkte bereits, wie schwierig schon diese kleine Veränderung war. Aber irgendwie hatte sie jetzt keine Lust, wieder zurück in das alte Fahrwasser zu gleiten und Anni zu beschwichtigen. „Weißt du was?", sagte sie. „Wir gehen Kaffee trinken und sprechen in aller Ruhe miteinander, am besten gleich morgen."

„Ich habe diese Woche keine Zeit mehr", antwortete Anni daraufhin.

„Dann meldest du dich am besten, wenn es bei dir passt", meinte Paula lakonisch. Daher wehte der Wind jetzt. Man machte sich rar. Auch gut, dann war es eben so, dachte Paula. Nein, sie würde sich jetzt nicht manipulieren lassen, auch wenn sie die Machtprobe vielleicht verlor und die Freundschaft mit Anni darunter litt.

Es dauerte eine ganze Weile, bis sich Anni wieder meldete. Sie war zunächst überrascht gewesen über die Wendung in Paulas Einstellung zu ihr und fühlte sich abgelehnt. Aber nach einigem Nachdenken kam sie zu dem Schluss, dass Paula natürlich das Recht hatte, Dinge anders zu sehen und dass das mit ihr – Anni – eigentlich nichts zu tun hatte. Sie begann, neugierig zu werden auf die ‚neue' Paula und ging wieder auf sie zu. Sie rief sie an und lud sie ein, um bei einem Glas Wein in aller Ruhe über die Dinge zu reden, die beiden am Herzen lagen.

Paula freute sich riesig, denn natürlich hatte sie sich Sorgen gemacht. Wer war dann noch da, wenn Anni sich zurückzog? Aber sie wollte nicht beim ersten zaghaften Schritt in das selbst bestimmte Dasein schon wieder klein beigeben. Sie war wild entschlossen, auf Annis Anruf zu warten.

„Na, Paula", begann Anni, „es ist jetzt wirklich lange her, seit wir uns gesprochen haben. Zunächst wolltest du die Geschichten gar nicht lesen, weil du Angst vor deiner Mutter hattest und jetzt hast du dich positiv verändert. Ich finde das großartig, obwohl ich – das muss ich jetzt zugeben – zunächst etwas pikiert war. Wenn sich bei dir etwas verändert, muss sich bei mir auch etwas verändern, und dazu brauchte ich etwas Zeit, du verstehst mich hoffentlich."

Paula lachte: „Natürlich, das verstehe ich. Ich wollte jetzt einfach mal aufhören mit diesem Betroffenheitsgetue und habe mir gedacht, ich gebe dir Zeit zum Überlegen. Ich habe darauf vertraut, dass du dich wieder meldest, obwohl mir das gar nicht so leichtgefallen ist."

Anni sah nachdenklich aus: „Ich habe mich immer als die große Ratgeberin bei dir gefühlt, aber eigentlich ist mir ein Rollenwechsel nicht ganz unrecht, wenn ich ehrlich bin. Ich würde auch ganz gerne mal deine Meinung zu meinen Problemen hören, ich habe ja auch welche und bin damit ziemlich alleine."

Paula sah Anni überrascht an. Aus dieser Perspektive hatte sie ihre Freundschaft noch gar nicht betrachtet. Natürlich war es so, dass Paula geglaubt hatte, Anni war dazu prädestiniert, ihre Probleme zu lösen. Sie fand sich selbst plötzlich ziemlich unreif, so als ob sie immer noch in der Pubertät stecken würde. Sie hatte sich immer schon eher mit ihrem Vater identifiziert, der ihre Mutter oft genug als Problemlöserin benutzte. Sie musste sich im Stillen eingestehen, dass sie auch seinen Hang zur Bequemlichkeit geerbt hatte. Aber so musste es nicht bleiben. Sie allein hatte es in der Hand etwas zu verändern.

„Weißt du, Anni", sagte Paula dann, „zunächst muss man seine Einstellung ändern, bevor man bei sich etwas ändern kann. Meine Einstellung zu meiner Mutter war seit Jahren festgefahren. Anstatt, dass ich mich zu meinem Anderssein bekannt hätte und meinen Weg gegangen wäre, habe ich mich immer nur mit ihr verglichen und in vieler Hinsicht als defizitär erlebt. Das hat langfristig zu einem gedämpften Lebensgefühl geführt. Dieses Rückwärtsschauen und Steckenbleiben in der Vergangenheit machen viele. Natürlich liegen die Ursachen in der Vergangenheit, aber wie wir damit umgehen, das ist doch allein unsere

Entscheidung und Verantwortung. Ich kann meine Mutter wirklich nicht verantwortlich machen für meine Bequemlichkeit und Mutlosigkeit, das ist doch der Punkt."

„Ach, Paula", sagte Anni nachdenklich und entspannt, „ich finde das alles großartig. Zum einen, dass dir deine Mutter einen solchen Schatz hinterlassen hat. Das zeugt von ihrer großen Zuneigung zu dir über ihren Tod hinaus. Sie wollte dir noch unbedingt etwas geben, von dem sie wusste, dass es notwendig war für dich. Es war ihr allerletzter Versuch, dir die Augen zu öffnen. Dieser Weg über die Geschichten war ein echter Geniestreich. Respekt!

Zum anderen bist du bereit gewesen, die Botschaft nicht nur zu hören, sondern auch anzunehmen. Das zeigt, dass wir uns immer verändern können, wenn wir es wollen. Sich immer nur als Opfer von Umständen zu fühlen, macht auf die Dauer unglücklich, aber man muss natürlich aus diesem Zustand herauswollen. Die meisten Menschen nisten sich quasi in ihrer negativen Weltsicht ein und übersehen, wie wunderbar das Leben doch sein kann – und zwar für jeden. Davon bin ich zutiefst überzeugt."

„Dazu fallen mir zwei Zitate ein", antwortete Paula. „In der ersten Geschichte zitiert Ada, die Hauptperson, folgende Zeile eines Hessegedichts: *,Des Lebens Ruf an uns wird niemals enden. Wohlan denn Herz, nimm Abschied und gesunde'*. Das zweite Zitat habe ich erst neulich gelesen. *,Das Leben stellt die Fragen und wir antworten'*, ich glaube es stammt von Viktor Frankl. Das beschreibt unsere Einstellung, wie ich finde, sehr schön".

Paula wurde nachdenklich: „Etwas möchte ich dir noch sagen, es ist wirklich sehr persönlich und ich hoffe, du hältst mich nicht für überspannt. Stell dir vor, gestern war ich auf dem Friedhof und habe – in Gedanken natürlich – meiner Mutter all das erzählt und da hatte ich plötzlich das Gefühl, dass sie mir ganz nahe war und mir freundlich zulächelte. Dieses Gefühl der Nähe und Wärme habe ich immer noch. Wie findest du denn das?"

Anni sah Paula lange an und meinte: „Dazu möchte ich nichts sagen. Dafür gibt es keine Worte."

Zeitfracht Medien GmbH
Ferdinand-Jühlke-Straße 7
99095 Erfurt, Deutschland
produktsicherheit@kolibri360.de